Carmen Stephan

Mal Aria

Roman

S. Fischer

MIX
Papier aus verantwortungsvollen Quellen
FSC® C083411
www.fsc.org

Satz: Dörlemann Satz, Lemförde
Druck und Bindung: CPI – Clausen & Bosse, Leck
Printed in Germany
ISBN 978-3-10-075141-6

Für Fanny

»If you would see all of Nature gathered up at one point, in all her loveliness, and her skill, and her deadliness, and her sex, where would you find a more exquisite symbol than the Mosquito?«

Henry Havelock Ellis

Stellt euch die einfachen Fragen. Warum erschuf Gott den Menschen am letzten Tag und ein Insekt vor ihm? Warum steckt die Natur den Tod in ein winziges Wesen, wie ich es bin? Dann streicht das Warum, begreift endlich.

Lernt mich kennen. Jeder Schwarm braucht ein Gehirn, das ihn lenkt.

Nennt mich die Schwarze.

Wenn die Nacht hereinbricht, schrumpfen die Menschen und die Mücken wachsen.

Seht den Schatten an eurer Wand, die Fühler, die Beine, die langen Palpen.

Hört mich singen, aus der dunkelsten Ecke des Zimmers.

Schlaft ein. Werdet wehrlos. Ich bin da.

Irgendwo schwirrte etwas, dann war es ruhig. Sie lag in Rio de Janeiro, im Viertel Olaria, in der Rua Catete, in der vor jedem Haus auf dem Fensterbrett eine Marienstatue steht, im Krankenhaus Salbino, im Zimmer Nr. 284, in ihrem Bett. Der kleine Kopf im Kissen, auf das ein »S« gestickt war. Die Lider gelb. Im Hals alles still, alles tot. Nur das Blut rauschte und rauschte. Ständig lächelte sie. Die Kräfte, die sich im Schmerz entfalten, waren nun die einzigen, die den Körper noch zusammenhielten.

Sie hatte an diesem Tag noch kein Piratenschiff gesehen. Weder Stimmen in ihrem Ohr, die sich in einer fremden Sprache etwas zuflüstern, noch das Schreien der Soldaten. Vielleicht war es ein besonderer Tag. Die Wand, der Fußboden, ihre Decke, alles beige, der Raum ohne Rahmen. Ob draußen die Welt noch vorhanden war, wusste sie nicht. Es ist nur ein Spaziergang und zurück, wie der Fuchs sagte. *Willst du mit mir kommen? Ich nehme dich auf meinem Rücken mit. Zu einem Spaziergang und zurück.* Fuchs, pass auf …

Wo war er? Träumte sie? Sie träumte nicht, sie sah jedes Detail. Bis es verschwand. Das Gehirn schaute, nicht ihre Augen. Ein Herr Beobachter zeichnete alles auf. Über ihrem früheren Bewusstsein hatte er eine Stirnlampe angebracht, die auf alles sein Beobachterlicht warf. Wenn eine zweite Etage existierte, gab es auch eine dritte oder vierte? Die Wirklichkeit hatte auf einmal so viele Schichten. In losen dünnen Blättern lagen sie übereinander, und sie konnte jedes einzelne in die Hand nehmen und wenden. Wurde sie verrückt, verstand sie endlich? Am neunten Tag.

Sie wusste nicht, wer die Dinge in ihr festlegte. Sie kannte den Namen ihrer Krankheit nicht. Sie hatte mindestens so viele Möglichkeiten wie das Orchester am Amazonas, das es vor langer Zeit gab und das jedes Jahr aufs Neue ausstarb. Wer es in seiner vollen Besetzung im Opernhaus erleben wollte, musste sich früh in der Saison um Karten bemühen. Bald schon fehlten die Violine oder das Cello, es folgten in unvorhersehbarer Reihenfolge die Klarinette, die Posaune, das Klavier, die Trompete. Schiefe Töne. Sekunden der Stille. Krankheiten, die man hören konnte. So ging es weiter, bis alle Töne fort waren. Im langsamen Abnehmen der Musik hatte das Orchester ein lange nachklingendes Bild für das Dahinschwinden des Lebens erschaffen. Das letzte Konzert, welches Instrument auch immer das letzte war, bestand nur noch aus einem dünnen Faden Melodie, den die Verzweiflung zusammenhielt. Weil gerade darin Schönheit lag, war es jedes Jahr ausverkauft.

Die Musiker starben an Pocken, Malaria, Gelbfieber und anderen Tropenleiden, die sich zur Zeit des

Kautschuks ausbreiteten. Manche dieser Krankheiten haben eine jahrtausendalte Geschichte, die in jedem neu erzählt wird, der sie bekommt.

Meiner Patientin im Hospital Salbino erging es im Jahr 2004 nicht anders als manchem Musiker aus der Ära der Kautschukbarone. Sie war mit ihnen verbunden, wie sie mit mir verbunden war. Wir waren Blutsschwestern. Ihre Geschichte, die ich erzähle, ist so gewöhnlich und entsetzlich wie jede Geschichte, die vom Tod handelt. Es ist nicht so, dass viel passiert wäre, es ist vielmehr so, dass trotz aller Anstrengungen nichts passierte. Und doch warfen diese Tage ein Licht in manche schlecht ausgeleuchteten Winkel unseres Inneren.

Man hätte sie längst retten können. Aber niemand sah, niemand verstand. Menschen, die nicht denken, sind überflüssig; sie sind gefährlich.

Ich kannte den Namen ihrer Krankheit. Doch ich konnte ihn niemandem mitteilen. Ich habe keinen Mund. Stimmlos flüsterte ich ihr all das zu, was sie hören wollte. Die Geschichte, wie ich entdeckt wurde (die ihre Rettung sein könnte). Ob sie es hörte?

1. Tag

Der Augenblick, in dem Carmen krank wurde, gleicht einer Szene in einem alten Musicalfilm. Eine junge Frau läuft im Frühling durch eine Drehtür, sie kommt auf der anderen Seite wieder heraus, und es schneit. Es hatte sie zu einem ungünstigen Zeitpunkt getroffen. Wobei man natürlich dazu neigt, im Nachhinein jeden Zeitpunkt als ungünstig zu interpretieren. Sie war siebenundzwanzig mit roten Wangen. Jetzt sehe ich sie wieder auf den Holzplanken über den Fluss ankommen. Lebhaft mit ihrem Freund redend, im schnellen Schritt. Im Vorbeigehen riss sie ein Blatt vom Baum, drückte es sorgsam in ihrer Hand. Warum war gerade sie es, die ich wählte?

Ein Jahr lang hatte sie in einem Architekturbüro gearbeitet, ein Gebäude wie eine Welle, an der Copacabana, ein Erker im zehnten Stock, hoch über dem Meer. Zwischen grünen Hügeln, die Augen und Herz verhaften. Sie hatte nicht nach Hause gewollt, und sie hatte nach Hause gewollt. Wegen Carl. Sie war noch so sehr in ihn verliebt, dass es in ihrem Bauch ein paar Grad wärmer wurde, jedes Mal, wenn sie ihn sah. Und dass es in ihrem Bauch zog, als läge eine entzündete Sehne darin, wenn sie von ihm getrennt war. Vier Wochen blieb sie noch, so stand es auf ihrem Flugticket. Und Carl war gekommen, um mit ihr eine letzte Reise zu unternehmen.

Den Wald musste sie noch sehen, man konnte nicht aus Brasilien weggehen, ohne den Wald gesehen zu haben. »Stell dir vor«, hatte ein Freund in Rio zu ihr gesagt, und seine Augen hatten dabei geleuchtet, »stell dir vor, du fliegst sechs Stunden da hin, damit nichts passiert. Du fährst über den Fluss, und nichts passiert.«

All das erfuhr ich später von ihr. Als ich sie wurde.

Von Manaus ging es über Belém auf die Ilha do Marajó. Die letzten Urlaubstage verbrachten sie im Dorf Caraíva in Bahia. Dort waren die Straßen aus Sand, jeder lief barfuß, und als schien das eine besondere Lockerheit hervorzurufen, grüßten sich alle überschwänglich, selbst wenn sie sich nicht kannten. An den Ortsrändern grasten hunderte Mulis. Als würde man sie hier vor der Welt verstecken. Die zwei Menschlein liefen ins Meer, ließen sich von den Wellen zurücktragen, kauerten im Liegestuhl. Ein Arm voller Härchen streifte den anderen. Das Meer aufgeladen, verwoben in weichem grauen Dunst, wie es auf sie zurollte, brachte es ihnen ihre Pläne. Jetzt wehten die Stimmen von ein paar Jugendlichen herüber, dumpfe Schläge, sie stapelten Brennholz auf.

»Weißt du, wieso immer alle den Mund halten, wenn sie um ein Feuer sitzen?«, sagte Carl.

»Hmm?«

»Weil die allerersten Worte wohl am Feuer gesprochen wurden.«

»Du meinst, das ist die alte Ehrfurcht vorm ersten Wort.«

»Die Ehrfurcht vorm ersten Wort. Genau …«

»Was ist?«

»Nichts.« Carl schaute auf einen Punkt in der Ferne. So war es oft. Carl führte sie, von einem Augenblick auf den anderen, zu einer Schlucht. Man durfte sich vorbeugen und einen Blick über die Kante werfen, mehr nicht. Das Wissen um die Tiefe seiner Gedanken. Ohne sie zu kennen. Nur das Wissen um die Tiefe. Das war es, was ihr gefiel.

Das Licht wurde weich und rot. Carl hielt den Gin Tonic vor ihr Gesicht, Eiswürfel klirrten, sie sprachen über Muli-Dynastien. Mulis, die Esel und Pferd waren. Darüber, dass sie hierbleiben könnten, um Mulis zu züchten. Auf einer staubigen Farm namens *Mulilândia*. Sie würden nur noch barfuß laufen. Rote Käferchen rasten die Armlehne entlang. Carl nahm ihr Gesicht, küsste sie. Von der Hitze, der flirrenden Luft, dem Gin wurde man lustig und doof; tropendoof. Sie dachte, hier könnte einem jemand ins Fleisch schneiden, man würde es nicht merken. Dabei waren ihre Blutzellen längst geplündert. Der lautlose Angriff stand unmittelbar bevor.

Carmen und Carl waren zwei junge Leute, die das Versprechen, welches das Leben ihnen gegeben hatte, noch lange nicht einzulösen brauchten. Alles war möglich. Alles revidierbar. Das Gefühl Jetzt-geht-es-gleich-los wird stets der größte Antrieb und Irrtum eurer Jugend bleiben.

Der letzte Urlaubstag. Sie packen, gehen am Abend eine *Moqueca* essen, Carl bestellt eine Flasche Rotwein, Carmen trank nie Weißwein, auf dem Etikett ein in der Luft stehender Kolibri. Zurück am Strand entlang zu ihrem Bungalow machen sie ein Wettrennen. Der Mond ist silbrig blau, trägt mehrere Gesichter. Der Sand wirft hinter ihnen Schleierwolken, kurz bleiben sie in der Luft stehen, bevor sie verwehen.

Die zwei Verliebten schlafen nah beieinander in dem breiten Bett. Eine Balkontür knarrt leise, hin und wieder weht der Wind etwas Sand herein.

Tiefes, friedliches Atmen.

Es ist schwarze Nacht, als Carmen von einem Schlag geweckt wird. Als hätte ihr jemand mit gefrorenen Fäusten auf den Kopf und ins Gesicht gedroschen. Hellwach ist sie, setzt sich auf, knipst die Nachttischlampe an. Schweißtropfen kullern ihren Hals hinunter. *Scheiße, was ist das.* In ihrem Kopf zerplatzt jetzt etwas Brutales, Großflächiges. Von kalter Kraft getragen. Das Blut hämmert warm und machtlos dagegen. Stöße bis in die Pupillen. Ein Gesicht, das platzen möchte. Es ist nicht so, dass sie jemals schon so einen Schmerz empfunden hat; Worte hätte. Dieser Schmerz kommt aus dem dunklen All. Sie zieht

Carl am T-Shirt und versucht dabei, den Brei hinunterzuwürgen, der ihr die Kehle hochsteigt.

Sie klopft Carl auf die Schulter, dumpfes Gemurmel. Kopfschmerzen! Balkontür zu! Es muss der Wind sein! Er bringt ihr zwei Tabletten, die sie mit einem Glas Wasser hinunterspült. Es wird doch gleich besser. Es wird besser. Alles wird gut. Sie muss morgen noch in der Reinigung anrufen, denkt sie. Bevor sie abreisen. Der Gürtel von ihrem Kleid ist weg. Er muss noch in der Reinigung liegen. Sie darf es jetzt deshalb nicht vergessen. Der Gürtel, der Gürtel. Bevor die ersten Sonnenstrahlen sanft in das Zimmer fallen, spürt sie, wie sich in ihrem Körper etwas auftürmt.

2. Tag

Der nächste Morgen. Ein schwarzer Junge, kugelrunde schwarze Augen, beugt sich über ihr Gesicht. Sie hält ihn für den *garoto pretinho da bacabeira*, der sich in den Amazonasdörfern herumtreibt. Ein Kind, nicht älter als acht. Wenn er einem Menschen auf der Straße begegnet, reiht er sich neben ihm ein. Er bittet ihn um etwas. Ein paar Münzen, ein Stück Brot. Wenn der andere ihn zurückweist, schlägt ihn die Faust Garotos mit voller Wucht ins Gesicht. Der andere landet im Staub der Straße, unfähig, wieder aufzustehen. Sie hat diese Geschichte auf der Ilha do Marajó gehört, aber weiß nicht, warum der Junge jetzt in ihren fliegenden Träumen auftaucht. Hatte er ihr auf den Kopf geschlagen? Geht es ihr nicht schon besser? Zwei Stunden später geht es hinunter zum Fluss, auf einem Holzwagen, ein Muli zieht ihn durch den Sand. Sie sitzt neben dem Kutscher. Unter ihrer Schädeldecke hat sich das Gehirn aus den Angeln gelöst. Mit jedem Hufschritt schwappt es hin und her. *Schwipp, Schwapp.* Irgendetwas war aus dem Wald in sie hineingekommen, und sie hatte nicht die geringste Ahnung, was es war. Irgendetwas türmte sich weiter unaufhörlich in die Höhe, bereit, loszubrechen. Sie hatte eine Krankheit, oder die Krankheit hatte sie, nur welche war es? War es die Violine, war es das Cello, war es die Posaune oder war es das Klavier, das spielte?

⋆

Malaria dringt in deine Knochen ein, über das Brot, das du isst, und wann immer du deinen Mund öffnest.

So dachtet ihr Kleingläubigen.

Hunderttausende, fürchterliche Jahre.

Es wird Zeit, mich näher vorzustellen. Wie konnte ich den Tod bringen, ohne es zu wollen? Ich brauchte kein Wollen. Es ist leicht, viel anzurichten. Im Guten wie im Bösen. Ein kurzer Stich genügt. *Pleased to meet you*. Schaut mich an. Schachbrettflügel, die Taster lang gewachsen wie der Stechrüssel, die Beine dünn und lang, Abdomen schüppchenlos, ein Wesen, nicht schwerer als ein Tropfen Wasser.

Sie wusste nicht, dass ich es gewesen war. Ihr Blut in meinem war. Sie wusste nicht, dass ich in ihren Gedanken treiben konnte, wie ihr Blut in mir. Ich konnte sehen, was sie sah. Denken, was sie dachte. Fühlen, was sie fühlte. Vor ihr wollte ich das nie. Ich wollte bloß leben, wie alle anderen. Ihr Menschlein seid es, die mich daran hindern. Ihr jagt mich. Vernichtet uns.

Wenn ich daran denke, fließt kalte Wut in meine

Stichwaffe. Euer absurdes Theater. Ihr steigt auf Betten, hängt an Wänden, verrenkt euch, eure Gesichter verzerrt wie auf Plakaten eines Horrorfilms, ihr jammert und heult. Große Gefühle sind im Spiel, wenn ihr versucht, uns zu kriegen. Warum ist euer erster Impuls, uns zu töten? Werdet ihr so geboren? Schon kleine Kinder deuten mit dem Finger auf uns und rufen: Tot machen! Tot machen! Ihr bezeichnet uns als Plage, als Eindringlinge in eure Welt. Habt ihr jemals überlegt, dass es andersherum sein könnte? Erinnert euch, der Mensch wurde am letzten Tag erschaffen. An manchen Orten war der Himmel schon so voller Mücken, dass kein Licht mehr durchdrang. Ihr seid eine lächerliche Zahl unserer Schwärme. Ihr seid die Eindringlinge in unsere Welt.

Es ist eine Welt, die ihr nicht durchdringt. Ihr fliegt in das Weltall und begreift nicht, was eine Mücke ist. Ihr wollt nicht verstehen, was für eine Dimension in der kleinsten Einheit aufgehoben ist. Die Macht der Natur ist es, den Tod in ein winziges Wesen, wie ich es bin, stecken zu können. Eines, das man übersieht. Das nichts ist. Ein krakeliges T in Schwarz. Ihr gabt mir einen griechischen Namen, Anopheles, was so viel wie »Nichtsnutz« bedeutet. »Ihre Larve wohnt im Wasser, und die Mücke sticht nicht«, hieß die kühne Behauptung unter meinem Abbild in der *Systema Naturae*. Verzeiht, dass ich laut lache.

*

An dem Tag, an dem sich unsere Wege kreuzten, fuhr sie mit einem Schiff aus Manaus über den Amazonas, und ich behaupte, dass diese Wege, sähen wir sie auf einer Landkarte, vor langer Zeit eingezeichnet wurden. Ich erinnere von der Reise Szenen, Bilder, manches nur schemenhaft, anderes deutlich wie Glas.

Der Dampfer glitt in einen Nebenarm des Flusses Ariaú, legte an einem Steg an. Über den Himmel schoben sich dunkle Wolken, durch die das Licht hell glimmte. Eine Gruppe Menschen stieg aus. Beige Hosen, helle Hemden, Tropenhüte sagten nichts über ihren Charakter aus, nur ihre erbärmlichen Sehnsüchte spiegelten sich darin wider. Carmen war eine von ihnen.

Das Gesicht trug sie hoch, im Profil sah sie aus wie die Frau auf einer Brosche. Sie war ahnungslos, wie all ihr Menschen, und hielt sich für furchtlos. *Mir kann nichts passieren.*

Sie legte ihren Kopf in den Nacken, die Ader am Hals trat pochend hervor, sah in die tiefgrünen Wipfel. Alle ersten Blicke waren in ihrem Blick aufgehoben. Knöchrige Mangroven im Wasser. Auf einem Ast ein großer Vogel, der abwesend wirkte. Unbegreiflicher Anflug von Unruhe. *Klick, klick.* Die Kamera vor ihrem Gesicht. Die Natur war für sie etwas, das man ansehen und anfassen konnte, von dem man aber letztendlich getrennt blieb. Dabei war es ihr warmer Atem, der mich benachrichtigte, es war der Schweiß ihrer Füße. Sie lief über den Steg. *Klock,*

klock. Ihre Haut roch nicht lückenlos nach dem Citrus des Insektensprays. Weiße Stellen, Inseln, auf denen man landen konnte.

Wie naiv sie war.

Ihr Freund interessierte mich nicht.

Sie lebte gern, das hörte ich an den vibrierenden Wellen, die nun das Holz warf. Vor allem ihre Selbstsicherheit machte sie zu einem idealen Opfer. Am Ende entschied ich mich jedoch aus einem viel dringlicheren Grund. Ja, ich konnte gar nicht mehr anders, als ich das Blut witterte. Ihr Blut, hell und süß, das so schnell und frisch durch ihre Adern floss, dass es in meinen Ohren rauschte.

*

Ihr glaubt, eure Haut grenze euch ab, sie sei der Schutzgraben um euer Fleisch. Dabei ist sie der Ort eurer größten Verwundbarkeit. Ein kleiner roter Punkt, und der Tod ist drin. Wisst ihr nicht, welche Macht ich habe? Ich zitiere: »Von allen Seuchen, die die Menschheit befielen, hat keine so dauerhafte und tiefe Spuren hinterlassen wie die Malaria. Sie forderte im Laufe der Jahrhunderte wahrscheinlich mehr Opfer als alle großen Pest-, Cholera- und Pockenepidemien zusammen.« Heute noch sterben Millionen, die Hälfte von euch Menschlein lebt unter meinem Gesetz. Bestürzt euch das nicht? Glaubt ihr, ihr hättet euer Leben im Griff? Wenn ihr nicht mal eine Mücke im Griff habt? Wer stoppte Alexander den Großen, den Eroberer der Welt? Ein schwarzes Kreuz, das auf einem Fleckchen Haut landete. Die Malaria brach Kreuzzüge ab, sie warf Bettler, Kinder, Kaiser und Päpste ins Grab, wütete in beiden Weltkriegen. Nicht Kanonen, nicht die Gegner entschieden manche Schlachten, sondern ein schwebender Fleck mit ein paar Flügeln. Wer schützte Rom vor dem Einfall der Germanen – und wer half doch beim Einstürzen des Römischen Reichs? Moskitos ergreifen keine Partei.

Malaria veränderte eure Politik, eure Geschichte; und auch das Leben derjenigen, die nicht daran erkrankten. Euer Leben.

Hört ihr die britischen Soldaten in Sierra Leone singen? »Nehmt euch in Acht vor der Bucht von Benin, einer kommt raus, aber zehn bleiben drin.« Manche Schiffe trieben monatelang führerlos auf dem Meer, weil alle Seeleute verendet waren. Zwischen dem 17. und 19. Jahrhundert schwirrte der Punkt auf der ganzen Welt, verdeckte den Himmel, bis kein Licht mehr durchdrang.

Und heute? Kommt die Malaria herein, steht auch der Tod in der Tür. Ein, zwei Wochen können genügen, wenn nichts getan wird. Gerettet ist, wer schnell behandelt wird. Die Zeit ist das entscheidende Kriterium. Und sonst? Sonst dreht man sich vielleicht in einem Augenblick in seinem Bett um, und die aufgeblähte Milz platzt. Nacheinander versagen alle Organe. In Amazonien nennen wir eine

Form der Malaria »a risadinha«, die lachende Malaria – weil der Patient mit einem Grinsen im Gesicht stirbt; die schrecklichen Schmerzen ziehen ihm die Mundwinkel nach oben.

*

Aus den mir rätselhaftesten Gründen stach ich nicht sofort zu, obwohl es mich drängte. Ich tat etwas, das Mücken eigentlich nicht tun: Ich folgte ihr auf der Reise. Das Flugzeug nach Belém. Sie setzte sich auf 23F, ein Fensterplatz. Beim Start faltete sie ihre Hände. Ich hing in der schmalen Ritze des Bullauges, fror erbärmlich. Sie bestellte Tee. Ich hätte sie doch gleich stechen sollen. Wo würde ich es tun? Wie würde ich es tun? Natürlich würde ich es tun.

Blut wird fließen, Geißeln werden fließen.

Sie würde schon sehen, wer als Nächste im Eissturm steht.

Vor der Landung in Belém reckten die Passagiere ihre Köpfe am Fenster. Schalentiere, die nach Luft schnappten. Unter uns nur Wasser und Wald. Kleine Flüsse, Riesenströme, breite Arme, aus allen Richtungen floss es auf die Stadt zu. Im Zentrum war davon nichts zu sehen. Ein feuchter, heißer Tag. Zuerst wollten sich Carmen und Carl etwas ansehen, dann wussten sie nicht, was das sein könnte. Das Museum der Elf Fenster, die Kathedrale. Im Kopf war alles einerlei. Schweiß knisterte in den Ohren.

Ein Schnitt ins Fleisch. Wenn das Blut zur Erde tropfte, würde man darauf deuten, »Oh« sagen, die Augen wieder schließen. Sie mussten trinken. Gelbe Sonnenschirme, gelbe Plastikstühle. Klirrende Limonade. Während in kälteren Städten die Geschwindigkeit der Menschen etwas mit ihrem Charakter zu tun hatte, gingen hier alle gleich. So langsam wie möglich, ohne stehenzubleiben.

Wir fuhren mit einem Taxi zum Markt, an den Hafen. Sie aßen *Bobó de camarão*, ihre Kiefer knirschten. »Entschuldigung! Die Soße ist zu kalt. Können Sie bitte die Soße etwas anwärmen? Sehr schön …«, sie sagte es, als beschwerte sie sich gerne. Nicht aus einem Ärger heraus, sondern weil man etwas in Gang brachte. Ihr Körper sagte noch etwas anderes als ihre Sprache. Ohne dass ich wusste, was es war.

In der Fischhalle wurde mir übel von dem warmen Blut aus den Kiemen. Gerötete Hände hackten Messer und Äxte in riesige, glitschige Leiber, einer von ihnen sah aus wie der Unterleib einer Meerjungfrau. Ein kleinwüchsiger Mann fuhr mit seiner Hand darüber. Die Fische stapelten sich auf und unter den Tischen. Nirgendwo zuvor habe ich so viel frischen Tod auf einer Stelle gesehen.

Am Nachmittag bestiegen wir einen rostigen Dampfer, der zehn Minuten lang um seine eigene Achse stotterte. Eine Familie puhlte Krabben, sie kicherten. Die Kinder hatten kohlegefärbte Wangen, um die andere entschlossen schwirrten.

Carl schlief, seine Glieder verrenkt. Carmen lehnte an der Reling, schaute in die Wand aus Bäumen. Vom Fluss kein Laut. Jede Küste hat ein Geheimnis, aber eine Waldküste spricht es aus: Dahinter liegt ein Geheimnis.

Ihr fiel erst gar nicht auf, dass jemand neben ihr stand. Er hatte braune, leicht ausweichende Augen. Trug ein T-Shirt mit bunten Schriftzügen. An seinem Hals die erste, sanfte Rundung eines Kropfes. Sie wollte sichtlich locker sein, und mit diesem Wollen spannte sie ihren Körper an.

»Bist du Französin?«

»Deutsche.«

»Ich habe einen Cousin in Deutschland, in Frankfurt.« Warum hatten bloß alle in diesem Land einen Cousin in Frankfurt? Vielleicht handelte es sich um eine geheime Verabredung. Ein Scherz unter Brasilianern, sobald sie einen Deutschen sahen.

Er lebte auf der Ilha do Marajó, zu der wir fuhren, fing an, Geschichten von dort zu erzählen. Es gab einen Flussarm, der ins Zentrum des Ortes führte. Wenn dort ein Baumstamm hineintreibe, würde das bedeuten, dass bald jemand stirbt, sagte der Halbkröpfige. Nachts, auf den Schotterwegen, würde man häufig einen kleinen Feuerball in der Ferne sehen, das sei die *mãe-do-fogo*, ein Licht, das einen narre, weil es wolle, dass man sich in den Sümpfen verirre. Zu oft sei er im Dunkeln schon verlorengegangen und hätte das Morgengrauen dort abwarten müssen.

Er lachte, links und rechts blitzte es aus den Zahnreihen. Sein Onkel sei so ängstlich, dass er am helllichten Tag, wenn er den Nebenfluss entlang müsse, die Leute am anderen Ufer lauthals begrüße und sogar *»bom diiiia«* schreie, wenn gar niemand zu sehen sei. Einmal drang Wasser in Onkels Schuhe, er habe sich mit aufgerissenen Augen umgedreht und sei von dem *Quschwak, Quschwak* seiner eigenen Schuhe weggerannt.

Carmen winkte lächelnd ab. Das seien doch Märchen. Dem Wald sei schließlich jeder Mensch egal. Wenn es denn eine Gefahr gäbe, dann sei das seine unendlich große Gleichgültigkeit.

Sie sah, wie die bislang kaum sichtbare Falte zwischen seinen Augenbrauen zu einem Graben schwoll. Auch der Kropf schien zu schwellen. Nichts sei hier gleichgültig, alles hätte System und sei miteinander verbunden. Sie würden sich diese Geschichten erzählen, weil es sie daran erinnere, die Natur zu respektieren. Man könne nicht mit ihr spielen. Sie solle sich ansehen, wie reglos der Wald dastehe. Aber wenn man ihm zu nahe käme, würde er sich wehren wie ein wild strampelndes Kind. Sie hätte nicht die leiseste – Ein kurzes, lautes *Klack* unterbrach ihn. Die Brücke war ausgefahren. Weder sie noch er hatten bemerkt, dass sie längst angekommen waren.

*

Überblickt ihr die Welt, wie eine Mücke sie überblickt?

Warum bleibt eine Krankheit, die uns seit Jahrtausenden verbindet, so bösartig und beharrlich? Die Pocken, die Masern, die Pest schrumpften zu Kinderkrankheiten oder verschwanden. Malaria geht immer einen Schritt weiter. Wofür erfandet ihr Gegenmittel, wenn wir jedes Jahr hunderte Millionen ins Fieberreich befördern? Warum befreit ihr mich nicht aus diesem Kreislauf?

Glaubt nicht, dass ich töten will. Es ist keine Freude, einer Kreatur in die Haut zu stechen, die unzählige Male größer ist als man selbst. Mit der ständigen Gefahr, zerquetscht, pulverisiert zu werden. Ich habe keine Wahl. Ein paarmal in meinem Leben muss ich es auf mich nehmen. Die Männchen erwarten in Schwärmen das Schlüpfen der Weibchen. Nach der Paarung, bei Einbruch der Dunkelheit, verlangt mein Körper nach Eiweiß. Warmes Wirbeltierblut für die Eier. Ich muss zustechen, damit meine Kinder überleben. In meinem Inneren bedient die unsichtbare Hand ein Programm, so wie es in ihrem Inneren geschehen würde.

*

Die Tage auf der Insel vergingen schnell. Sie lagen schwer in den Hängematten. Lider halb geschlossen. Über das Gras huschten die Schatten der Urubus. Immer wieder sah sie die Vögel mit den Krötenköpfen in Grüppchen am Strand stehen. Der Atlantik traf hier auf den Rio Pará, das Wasser schlug Wellen und strömte gleichzeitig. In einer Hütte verkaufte ein Junge namens Alexandre mit seiner Mutter Fisch, der nach Frittierfett roch. Alexandre hatte derart vorquellende Augäpfel, dass man für einen Augenblick versucht war, mit einer Nadel hineinzustechen. Er erzählte ihr als Erster von dem Frosch, hinten im Wald. Der Frosch sei so groß, dass er einem ausgewachsenen Mann bis zum Knie reiche. Die Alte fiel ihm ins Wort. Neulich sei er ihrem Bruder beim Brennholzsammeln vor die Füße gesprungen, seitdem träume er jede Nacht von ihm.

An einem bewölkten heißen Nachmittag blieb Carl am Strand, und Carmen mietete sich ein Pferd. Ein Junge brachte ihr die Schimmelstute, seine Zehen waren windschief wie die Bäume der Insel. Sie ritt durch den Ort, den einzigen, den sie auf der Flussinsel, die so groß wie die Schweiz war, gesehen hatte. Es war ein ganz normales Dorf, mit Lehmhäuschen und Menschen, die davorsaßen und zufrieden oder gleichgültig schauten. Direkt hinter dem Ort begann der Wald. Er zog sich bis an die Küste. Es war seltsam, man betrat den Wald tatsächlich wie einen Raum. Eine Tür schloss sich. Die Einheimischen bekreuzigten sich beim ersten Schritt in das kühle Grün. Nun spitzte das Tier die Ohren, das war mehr Gefühlsregung, als ich ihm zugetraut hatte. Sollte der Frosch wirklich so groß sein, würde er diesen Klepper mit seiner Zunge einsaugen. Carmen ritt einen aufgeweichten Pfad entlang.

Ich hörte ihr Herz, ihren Atem.

Zweige tropften vom letzten Regen, Äste strichen durch ihr Gesicht, heiß und nass, die Luft zum Zerreißen gespannt. Geräusche entzogen sich der Zuordnung. Ein Rascheln, gefolgt von einem Sprung. Das höhnische *Har-Har* eines Vogels. Heißes Blut klopfte in ihrem Kopf. Die Anspannung des Pferdes zwischen ihren Beinen. Ein Baum lag auf dem Boden, sein Stamm wuchs horizontal. Wenn vorne ein neues Stück Rinde reifte, fiel hinten ein altes Stück ab, die Indios nannten ihn *o-árvore-andando*. Der Baum, der wandert. Andere Stämme verrenkten sich, es wucherten Lianen an ihnen, Ranken, ganze Sträucher; aufgerüstet wie für einen Krieg.

Von Zeit zu Zeit warf sie einen verstohlenen Blick hinter einen Stein oder in die modrigen Löcher der Baumstämme. Wie wäre es, jetzt, in dieser Sekunde, dem Frosch zu begegnen, inmitten dieser wackligen Gegenwart seine fest umrissene Statur zu sehen. Das Pumpen in seinem Hals, der breite Kopf, die wässrigen Augen, seine Finger. Frösche haben tatsächlich Finger. Ihre Erscheinung hat etwas zutiefst Menschliches. Wie sollte sich das erst bei einem so großen Frosch verhalten? Was würde er tun? Verharren, davonspringen, angreifen? Sie blickte auf den Boden, er schien sich zu bewegen, als eine Horde krebsartiger

Tiere auseinanderstob. Nichts hatte einen festen Platz. Ein Stein konnte blinzeln, ein Blatt rasen. Alles war in Bewegung, aber nichts rührte sich. Ein ganzer Wald wartete ab.

Was suchte sie hier? Sie hatte hier nichts verloren. Immer stärker wurde der Wunsch, dem Pferd die Hacken in die Rippen zu stoßen, so schnell wie möglich zu verschwinden. Andererseits war sie ganz erfüllt von dem Ort. Hier konnte alles passieren. Etwas Schönes oder etwas Schreckliches. Eine Komödie oder eine Tragödie.

Das Pferd dampfte, seine heiße Schulter zuckte. Aus der Ferne klang das allabendliche Panikgeschrei der Brüllaffen. Es tröpfelte schon eine Weile, der Regenbogen umspannte den Himmel nur noch als Skizze. Langsam wurde es dunkel. Wie spät mochte es sein? Sie zog das Pferd am Zügel um seine eigene Achse und ritt den Weg zurück. Langsam, im Schritt, um bloß nichts aufzuscheuchen. Links und rechts lugte sie in das Gestrüpp, hielt weiterhin nach dem Frosch Ausschau. Dabei war es ein Tier, das man weder sah noch hörte und über das es keine Geschichten gab, das ihr den Tod gebracht hatte.

*

Ein schwarzer Punkt schwirrt weißes Fell entlang. Fliegt in die Höhe, bis er ihren zarten Hals erreicht. Das Wesen landet, lautlos. Sein Hinterteil reckt es steil nach oben, als stolze Abgrenzung zu den anderen Stechmücken, die einen Buckel während ihres Raubzugs machen. Der gefährlichste Augenblick unseres Lebens. Die anderen ducken sich; wir erheben uns. Ich drang ein, und sie gab mir ihr Blut. Schluck für Schluck saugte ich den schweren Saft aus ihr heraus. Sechs Beine zittern. Der kleine Leib gerät ins Schlingern.

Stellt euch das Gesicht einer Mücke vor. Ein Gesicht, das keinen Ausdruck verrät. Große Augen, dunkel, undurchdringliche Gitter – sie erzählen von einer fernen Welt, die symmetrisch in eure Welt eintritt. Gib mir, und ich gebe dir. Blut strömte, Geißeln strömten. Durch Arterien, ihre, meine, unsere. Wir waren verbunden. Ich wusste jetzt alles über sie. Kannte jeden ihrer Gedanken. Jedes Gefühl, mit dem ihr Herz das Blut schneller pumpen ließ.

Ich trank, durch meinen Rüssel schlüpften die Geißeln in sie hinein, die sogleich ausschwirrten, ihren Körper übernahmen, für Nachkommen sorgten, die eine andere Mücke wieder aufnimmt, bis sie in ihr reif werden, sich fortpflanzen, um sie wiederum weiterzugeben. Der Kreis schließt sich.

Ich trank und trank. Ganz langsam. Schluck für Schluck verstand ich. Ein Stich, der nicht das Ende war, sondern der Anfang. Der mich endlich erkennen ließ. Als würde sich im Wald der Nebel lichten und die Bäume Gestalt annehmen. Weil ihr Blut anders war? Weil ich dafür vorgesehen war? War es beides? Die Menge Blut, die ich trank, dreimal so schwer wie mein Leib, wirkte in mir, veränderte jede Faser in mir. Beim ersten tiefen Schluck stieg die Klarheit nach oben: Indem ich euch benutze, werde ich benutzt. Für den Sprung der Dämonen.

Es heißt, manche von uns seien das Gehirn des Schwarms. Der Finger der Evolution berührt sie. Wie sonst könnte ich euch das, was sich ereignen sollte, erklären. Beim nächsten Schluck kam die Erkenntnis, was wir Anopheles, wir Nutzlosen, eigentlich taten. Wozu wir gezwungen wurden. Sie ließ es mich erkennen, ihr Blut war es. In dieser feinen, rötlichen Einstichstelle auf Carmens Haut fielen Tod und Leben auf einen fast unsichtbaren Punkt zusammen.

Die Wahrheit stand da.

Wir wollen leben und müssen dafür den Tod spenden.

Wir nehmen uns eine Mahlzeit und vernichten euch womöglich dabei. Weil die Geißeln, diese Dämonen, meinen Hunger für ihre Zwecke missbrauchen.

Ich wollte sie zurückhalten, hinunterschlucken. Aber sie schossen hinein, kaum war ich eingedrungen. Zwei Kräfte, die mich auseinanderrissen. Es gelang mir nicht, sie zurückzusaugen. Sie waren verschwunden. Weg.

Der Kreis zog sich wie eine Schlinge um meinen Hals. Ich spürte Hass in kalten Tröpfchen aufsteigen. Was werden sie in ihr anrichten? Mit ihrem hellen, süßen Blut, das so wohlig warm in meinem Magen lag.

Was hatte ich getan? Sind Unwissende auch schuldig? Ich war keine Unwissende mehr.

Was bedeutete dieser Stich?

Meine Augen fielen auf die dunklen Leiber der Bäume, die weder Trost noch Antwort boten.

Was sollte aus ihr werden?

Ich musste sehen, was geschehen würde. Sehen, wie der Kreis durchbrochen wird. Denn die Geißeln müssen sterben, nicht sie. Hört ihr. Die Geißeln.

Der Gang des Pferdes wurde weicher. Wir hatten den Strand erreicht. Carl reckte seinen Hals wie ein Reptil, erwartete sie schon. Sie kam ohne Frosch, ohne Geschichte zu ihm zurück. Wie hätte sie es besser wissen sollen.

*

Ich folgte ihr in das Flugzeug nach Salvador de Bahia, in den Jeep nach Caraíva, das Dorf, in dem man barfuß lief. Ich sah ihr zu, wie sie am letzten Tag ihren Koffer packte, darauf bedacht war, nichts zu vergessen. Pass, Kamera, Ticket, Handy, Aufladegerät. In ihre Tasche warf sie sogar die Miniatur-Ausführungen der Kosmetika, die das Reisen zu Unrecht herunterspielten. Als gingen nur sehr kleine Menschen auf Reisen.

Vierundzwanzig Stunden später schaukelte ihr Gehirn im Takt der Hufschritte. Sie harrte still aus, aber in ihr war nichts mehr ruhig. Der Magen wand sich, ein zäher Fluss gurgelte darin. Die Stöße im Kopf. Der Aufruhr in ihrem Körper, wie es rüttelte, pochte, sich aufblähte gegen das Fremde. Auf seltsame Weise hörte sie es auch, als sei sie, in nächster Nähe, von diesen Geschehnissen getrennt. Als läge sie an einer dünnen Papierwand, und dahinter lag ihr Körper, der sich wehrte wie das wild strampelnde Kind.

Geißeltierchen übernachteten zwischen ihren Knochen. Spurlos und schnell dringen sie in ihre Leber ein, verstecken sich, rüsten tagelang ihre Armee von Parasiten auf. Dann marschieren sie nach draußen. Vielen gelingt es, in die roten Blutkörperchen einzudringen, sie zu plündern, bis nichts mehr übrig ist. Die Frage war: Wer lässt sie hinein? Wenn man Körperzellen mit Geldgehäusen vergliche, dann wären die Leberzellen eine Sparbüchse und die Blutzellen der Tresor einer Schweizer Bank. Die härteste Tür der Welt. Wie kommen die Tierchen da hinein. Wer gibt ihnen den Code. Was wussten sie, was wir nicht wissen. Was in euch sagt Ja zu ihnen.

Im Laufe ihres Lebens verwandeln sich die Geißeln siebenmal, sie tragen neue Gesichter, andere Kostüme, sie narren euch und mich, Mensch und Mücke. Sie operieren in zwei völlig gegensätzlichen Körpersystemen. Von der niedrigsten Stufe aus, auf der sich ein Lebewesen befinden konnte, kennen die Geißeln unsere größten Geheimnisse.

Meine Freunde, es ist kein Außerirdischer, der auf einem Feld landet, es ist ein Feind, der euch von innen angreift, er will nicht die Erde erobern, sondern euch selber, ganz und gar.

Ich benutze diese Kriegssprache aus tiefer Ablehnung heraus, aus Aberwitz. In Wahrheit ist sie fehl am Platz. Die Geißeln wollen euch nicht vernichten. Sie wollen überleben. Sie haben keine weiteren Ambitionen. Eure Schmerzen, euer möglicher Tod sind nichts weiter als ein Kollateralschaden für sie. Ist das nicht phantastisch, ihr Menschen seid nur eine unnütze Hülle für Wesen, die es nicht mal zu Fühlern geschafft haben, die nicht mehr als ein Klumpen ohne Geist und Seele sind.

*

Irgendwie musste ich den Menschen begreifbar machen, was geschehen war. Damit die Geißeln zerstört werden konnten. Nur wie? Wie sollten wir kommunizieren, wenn wir offensichtlich nichts gemeinsam hatten. Bemerkten sie mich, brachte ich mein eigenes Leben in Gefahr.

Ihre Augen glänzten matt und fern. Sie sah aus wie jeder Malaria-Kranke: Als wäre sie nicht mehr da. Ihr Kopf wollte ihr Leben zurück. Wünsche kamen, Tiefe kam, wie immer wenn ihr krank werdet. Was würde sie alles tun, wenn sie erst zu Hause ist. Was hatte sie für Möglichkeiten. Jetzt. Auf einmal.

Der Raum war klein, ohne Fenster. Eine Neonröhre flackerte. Ihr Arzt im Krankenhaus von Porto Seguro hieß Dr. Borges. Ein junger Kerl mit einem Abhörgerät um den Hals, das mich an eine erlegte Beute erinnerte. »Wie kann ich Ihnen helfen?«, er versteckte ein Gähnen hinter weißen Fingerknöcheln, was sie enttäuschte, ohne zu begreifen, weshalb. Sein Hals perfekt rasiert, nur unterhalb des Ohrläppchens, wo man sie nicht vermutete, standen drei Barthaare, die der Windhauch des Ventilators verwirbelte.

Dr. Borges machte Kreuzchen: »Kopfschmerzen?«

»Ja, sehr, aber vielleicht kommen sie von dem starken Wind, und wir haben eine Flasche Rotwein getrunken gestern Abend.«

»Château Migraine«, in seinem Mundwinkel zuckte es.

»Fieber? Erbrechen?«

Carmen nickte. Sie wollte ihm alles erzählen, jedes aus ihrer Sicht wichtige Detail der Reise, er hetzte durch das Gespräch, als gelte es einen Zug zu erwischen und nicht eine Krankheit zu finden. *Vielleicht ist er sich aber auch schon sicher. Er wirkt ruhig. Es wird nichts Schlimmes sein. Gleich sagt er es.* Als der Doktor etwas kritzelte, fragte sie schnell: »Kann es Malaria oder Gelbfieber sein?« *Gut!*

Er blickte von seinem Stück Papier auf, schaute sie mit geübter Freundlichkeit, fast amüsiert an. Als könnte er ihren Mund mit seinem Lächeln versiegeln, so wie eine Mücke mit ihrem Speichel die Haut versiegelt und betäubt, bevor sie zusticht.

»Nein«, sagte er.

Mein Gott, was bildete sich Dr. Hemingway ein. Kannte er ihren Körper, war er mit ihr im Wald gewesen, wusste er, was ihr widerfahren ist? Dieser Ahnungslose bestimmte, wie sie der Krankheit gegenübertrat. Was würde dieser Unglücksbursche gleich sagen? Es war ein Labyrinth mit verschiedenen Eingängen. Man konnte A, B, C, D, E wählen. Wählte man Weg A und ging A, würden die meisten, denen man auf A begegnete, sagen: »Ja, ja, A ist schon richtig, A ist schon gut.« Auch wenn A vor einer Wand endet.

Er sprach es aus.

»Sie haben Dengue-Fieber.«

»Oh! … ganz sicher? Ist es schlimm?«

»Sie bleiben im Bett, nehmen die Medikamente, die ich Ihnen aufschreibe, in einer Woche ist es vorbei«, sagte er. Sie nickte. Einen Zaubertrank würde sie nehmen, wenn er sie von diesem Kopf befreite. »Die Symptome sind bei Ihnen stärker ausgeprägt, weil Sie Ausländerin sind. Ihrem Körper ist diese Krankheit völlig unbekannt. Sie sind nicht gefeit.«

Sie war nicht gefeit. Aber sie hatte eine Diagnose zum Festhalten.

Dengue wird von der Tigerstechmücke übertragen. Aus den quälenden Schmerzen in Kopf und Gelenken leitet sich ihr volkstümlicher Name ab: das Knochenbrecherfieber. Frühestens nach dem fünften Tag lässt sich die Krankheit nachweisen. Eine schwungvolle Unterschrift, ein klackerndes Reißen. Der Arzt überreichte ihr das Rezept. Darauf standen zwei universale Schmerzmittel: »1. Novalgina – 40 Tropfen nehmen 6 / 6 h, 2. Tylenol – 40 Tropfen nehmen 6 / 6 h.« Es waren die Koordinaten ins Verderben.

*

Die Geschichte der Malaria ist eine Geschichte der falschen Annahmen. Das spiegeln schon die italienischen Wurzeln des Namens wider. *Mal' Aria*, schlechte Luft, böse Luft. Früher dachtet ihr Menschen, dass faulige Dämpfe aus den Sümpfen aufsteigen und durch den Atem in eure Körper eindringen. »Und es geschah, dass das Land in die Hände der AATU fiel … Die Luft des Himmels mischte sich an jenem Tage mit der jährlichen AATU …«, so steht es geschrieben auf einem altägyptischen Papyrus aus dem Jahr 2500 v. Chr., die AATU war vermutlich die jährlich nach der Regenzeit wiederkehrende Seuche, ihr Name: Malaria.

Große Feuer habt ihr an den Gewässern angezündet. Weil ihr befürchtet habt, die üble Luft könnte sich in den engen, verwinkelten Gassen stauen, schufen die antiken Architekten große, breite Straßen und schachbrettförmige Siedlungen, damit der tödliche Hauch in den Himmel entweichen konnte.

Im heutigen Agrigento ließ man in den Felskamm hinter der Stadt eine Lücke schneiden, »damit die fieberschwangeren Dünste der Ebene weit ins Meer hinausgeblasen werden«. In den Bergen von Kalabrien, Apulien, Sizilien baute man neue Städte, Festungen, die Menschen flüchteten vor den Dämpfen in die Höhe. Die Dörfer wuchsen die Hänge hinauf. Eine Architektur der Malaria entstand, deren Spuren sich bis heute weit verbreitet finden. Es ist eine Architektur der Missverständnisse.

Wie viele starben, weil sie nichts von dem schwarzen schwebenden Kreuz ahnten? All die deutschen Ritter, die durch die Hitze Italiens geritten kamen, die Ströme schwitzten in ihren Rüstungen, sich derer entledigten. Kaum zeigten sie uns ihre Haut, küsste sie der Tod.

Jedes Jahr kam die Malaria zurück, einem Kometen gleich, der vom Himmel fiel. Die Miasmen-Theorie setzte sich durch, sie hielt sich hartnäckig. In Rom atmeten alle etwas weniger tief ein. Über einen fiebernden Patienten sagte man: »Er stirbt an der Luft.«

Von der Campagna di Roma, wo Zitronen blühten, erzählte man sich, dass dort im Sommer die Vögel tot vom Himmel fielen.

Malaria dringt in deine Knochen ein, über das Brot, das du isst, und wann immer du deinen Mund öffnest.

Was gibt es für einen mächtigeren Feind als einen, der sich in der Atmosphäre verbirgt.

Einatmen, ausatmen. So sehr schreckte euch der Fieberdämon, so viele Menschen vernichtete er, dass ihr glaubtet, er verberge sich in jedem kleinsten Luftholen – dass er Wolken und Nebel gleich aus der Erde empordampfen könne.

Es zeigt nur, dass ihr nicht die geringste Ahnung hattet. Unsichtbares in Unsichtbarem, das kann alles sein und nichts. Malaria hieß, im Dunkeln zu stolpern.

Also erfandet ihr Dinge: Keine grünen Bananen essen, kein Wasser trinken, in das ein grüner Affe uriniert hat! »Nicht zu heiß baden! Sonst bekommst du Malaria!«, so heißt es noch heute in manchen ländlichen Gegenden der Ilha do Marajó, und die Menschen sind davon überzeugt, als handelte es sich um einen wissenschaftlichen Beweis.

Noch heute sind Nebel und Morast ein Symbol des Horrors, obwohl zunächst nichts Bedrohliches von ihnen ausgeht. Vor dem Hintergrund der Miasmen-Theorie jedoch wuchs die Furcht in den Köpfen eurer Vorfahren, und sie gaben sie an euch weiter.

Es war unbegreiflich. Nicht zu fassen. Vieles begreift ihr immer noch nicht. Doch mit einem hattet ihr recht. Die Krankheit kam tatsächlich aus den Sümpfen. Unsere Eier legen wir darin ab, jedes für sich. Die Kreatürchen haben luftgefüllte Zellen, sind oval, an den Enden zugespitzt, sie schwimmen wie ein Miniatur-Kahn im Wasser. Unsere Larven sind scheu und agil. Bei der geringsten Erschütterung des Bodens, beim Vernehmen eines Tons, tauchen sie blitzschnell unter und kommen erst nach einiger Zeit wieder an die Oberfläche. Ihr hättet keine neuen Städte bauen müssen. Ihr hättet nur ein paar Minuten still am Ufer warten müssen. So lange, bis die winzigen Bötchen wieder auftauchten, die eure Augen zu sehen noch nicht bereit waren.

*

Ihr Leib trennte sich von ihr wie eine Kirsche vom Kern. Er entledigte sich des Geistes, ging voraus. Der Körper führt sein eigenes Leben. Er lag im Fieber, würgte, zuckte; schlug zurück. In ihr fand es statt. Aber sie hatte keine Kontrolle darüber.

In den Siedlungen des Regenwalds erscheint den Fiebernden oft ein wütendes Mütterchen. Die langen, grauen Haare hängen vor ihrem Gesicht, sie schwebt über dem Krankenbett und zetert. Die Malaria ist eine böse Alte.

Aber es gab die Diagnose. Sie wusste jetzt, wie es sich verhielt. In einer Woche, hatte der Arzt gesagt, sei alles vorbei, und diese einfache Tatsache, dieses Wort, »vorbei«, das war ihr Schmerzmittel.

Begreift denn niemand, was hier geschieht? Muss jede kleinste kaum wahrnehmbare Handlung ihre Folgen haben, alles kausal sein? Was tue ich hier? Warum bin ich nicht abgehauen, wie sonst auch? Das Nicht-Wissen ist ein Ruhekissen. Ihr Menschen baut doch auch keine Beziehung zu eurer Mahlzeit auf. Was für eine absurde Idee. Ich verschwinde, das alles geht mich von hier an nichts mehr an.

Dachte ich und flog fünf Meter weit. Dann drehte ich um, schlüpfte durch den schmalen Spalt der Autotür, gerade rechtzeitig, bevor sie mit einem lauten Knall geschlossen wurde.

Carmen und Carl verbrachten die Nacht in der Pension *Magia das ondas*, bevor sie am nächsten Tag in ein Flugzeug der Linie *Gol* steigen sollten, das sie zurück nach Rio brachte. Ihr Zimmer lag im Halbdunkel, es roch modrig. Ihr T-Shirt klebte am Rücken, der Schweiß juckte. Sie ließ sich aufs Bett fallen. Da hörte sie ein Kind weinen, anhaltend, laut. Wieso hörte es nicht auf, wieso tröstete es denn niemand? Bis sie merkte, dass es die Geräusche des Ventilators waren, die sie für Weinen gehalten hatte.

Carl strich ihr die nassen Strähnen aus dem Gesicht, als sie in sich eine Kälte so selbstverständlich aufsteigen spürte, als hätte sie eine Eiskammer in ihrem Innern, die man jederzeit öffnen konnte. Bis in die Finger, bis in die Sehnen hinein, bis ins Herz waberte die Kälte. Ihre Haut, ihre letzte Schicht, gehörte gar nicht mehr zu ihr. In Porto Seguro waren es 35 Grad, sie merkte nichts davon. Ist nicht das Spüren, wie warm oder kalt ein Ort ist, die Basis seiner Existenz? Sie bat Carl um alle Handtücher aus dem Bad, wickelte sich darin ein. Legte sich auf die Seite, umklammerte ihre Knie und brummte.

Sie brummte. Carl nahm sie in den Arm, aber seine Wärme drang nicht zu ihr hindurch. Ihre Kälte kam von innen. Es war die Hilflosigkeit, die sie einander näherbrachte als Worte und Taten.

Das Herz fing an, wie in einem engen Kästchen eingeschlossen, gegen die Wände zu poltern. Die Zähne klackerten, Arme und Beine schlotterten, Knochen klapperten, als müssten sie etwas von tief innen herausschlagen. Carl sollte sie drücken, bis die Haut blau wurde. Früher wurden die Leute, wenn der Schüttelfrost kam, in Blechtonnen gesteckt und der Deckel geschlossen, damit sie Halt fanden.

Das Fenster stand offen. Geräusche, auf einmal waren da Geräusche. Zunächst dachte sie, es sei der Papagei im Innenhof. Aber es kam aus dem Nebenzimmer. Es waren eine Frau und ein Mann, die es miteinander trieben. Die Frau stöhnte, der Mann sprach leise auf sie ein. Die Stimme der Frau wurde heiser, sie bekam etwas Entferntes, immer wieder ein Klatschen. Bloß um einen Hauch, um einen Millimeter minderte Carl seine Umarmung. Beide hörten sie ungerührt zu oder sehnsüchtig weg. Sie schämte sich. Weil ihr Körper *dazu* nicht mehr in der Lage war. Weil er woanders war. Bis vor zwei Tagen konnten sie keine Nacht einschlafen, bevor sie nicht miteinander geschlafen hatten. In dieser Nacht lag zum ersten Mal, seit sie sich kannten, etwas Unerreichbares zwischen ihnen. Das Bett wackelte. Drüben verlor jemand die Kontrolle; hier auch.

3. Tag

Die Stewardess ging durch die Sitzreihen. Streng ließ sie ihren Kopf hin und her wandern, blickte nach unten, wie die Amme in die Babybettchen, prüfte die sicher geschlossenen Gurte. *Klack*. Sie bemerkte nicht, dass einer ihrer Schützlinge fieberte. Die Landung war, wie jede Landung, ein kontrollierter Unfall. Endlich waren wir in Rio.

Manche Städte liebt man für das, was sie in einem hervorbringen. Rio war so ein Ort für sie. Jetzt dachte sie an das letzte *churrasco* mit Freunden. Ein Hinterhof, ein Garten, ein alter Fernseher, auf dem ein Fußballspiel lief. Eine Avocado fiel vom Baum, knallte auf ihren Kopf. »Sete Anos de Inspiração!«, rief jemand lachend. Hier würde alles gut werden. Sie würde gesund werden. Das glaubte sie wirklich.

Am Horizont die Berge von Petrópolis in bläulichem Licht, rhythmisch gezackt. Das Poltern des Taxis über die Autobahn. Die Länge der Reise. Das Wuchern der Bretterbuden, die langsam in gemauerte Häuser übergingen, je näher man ins Zentrum vorrückte. Der pflaumenfarbene Himmel, in den die Apartmenthäuser stachen. Sie hing im Arm von Carl, lächelte, tatsächlich. Ihr Annehmen der Diagnose, das Dumpfe daran, reizte mich, es machte mich langsam wütend. Diese Geduld im Ertragen, dieses Fraglose. Ich musste jetzt etwas tun. Musste mich zeigen. Nur nicht zu nah. Was genau konnte ich tun?

Ihr Apartment in der Visconde de Pirajá in Ipanema. Ana, ihre halbdeutsche Mitbewohnerin, ihre Freundin, hatte ihr Bett frisch bezogen, Tee gekocht, einen Strauß Tulpen mit einer Papageienblume in ihr Zimmer gestellt. Warum kriegen Kranke und Tote von euch zwanghaft Blumen?

Nun konnte ich nachdenken, ein paar Runden drehen. Eine Stunde würden sie ohne mich auskommen. Die Stadt von oben. Die grünen Berge verströmten Kraft durch bloße Anwesenheit. Die Häuser drückten sich an die Hügel. Das Meer gab die Ruhe. Langsam verstand ich, wie alles zusammenhing.

Die Geißeln zwingen uns, zu Mördern zu werden.

Deshalb werden wir von euch gejagt.

Die Geißeln verhexen uns, machen uns zu ihren Werkzeugen. Während sie sich in meinem Bauch lebensfroh fortpflanzen, unterdrücken sie meinen Drang zu stechen, wenn ich dringend Blut für meinen Nachwuchs suche – um ihren eigenen Nachwuchs nicht zu gefährden. Ich könnte ja erschlagen werden. Ihre Schutzhülle wäre weg. Sind ihre Nachfahren geschlüpft, drängen sie mich, öfter und aggressiver zu stechen, damit sie sich schnell und weit verteilen können. Das sind die Augenblicke, in denen ich gar nicht genug kriege vom Blutsaugen. So verschaffe ich ihnen möglichst lange Zugang zu den Menschen. Bin ich nicht genauso fremdbestimmt wie ihr – von hirnlosen Geißeln?

Aber wir stehen über ihnen. Wir sind stärker; nicht böser. Wir müssen die kleinen Bestien aus unseren Körpern verscheuchen. Von Zeit zu Zeit muss der Schwarm seine Richtung ändern. Es lag jetzt an mir, das zu tun. Es war vielleicht die einzige Möglichkeit.

Tiefflug zum Strand. Junge Männer mit nacktem Oberkörper führten fünf, sechs Hunde auf einmal spazieren. Die Leinen verliefen sternförmig in alle Richtungen, wie die Ziele der Airlines in den Bordmagazinen. Kinder, Rumsteher, Witze-Reißer, Marktfrauen, sie alle sendeten untereinander Zeichen aus, machten kleine, für mich unlesbare Gesten. Hier schien keiner ganz von dem anderen getrennt zu sein.

An jeder Ecke ratterten die Fruchtpressen, Hämmer klopften, ein Gewirr von Stimmen dröhnte hinter meinen Fühlern. Eilig liefen die Menschen die Straße hinunter. Sie dachten, sie gingen nur umher. Dabei lief ihr Leben längst auf etwas Unsichtbares zu. Etwas, das ihrem Handeln völlig gleichgültig gegenüberstand.

Die einzigen Ruhepunkte in den Straßen waren die *Porteiros*. Sie standen vor ihren Höhlen, den Wohnhäusern, bewachten ihre Eingänge. Jedem, der vorüberging, starrten sie nach – gleichgültig oder lüstern. Sie gehörten ein bisschen nach drinnen und ein bisschen nach draußen. Seltsame Zwischenwesen.

Als ich ihr Apartmenthaus erreichte, hatte ich den Plan. Ich konnte mich ihnen nicht nähern, aber ich konnte ihnen das Wort, um das es ging, übermitteln, in Form einer Botschaft. Natürlich konnte ich dabei keine Hand in der Luft schraubend drehen, wie es die Cariocas taten, selbst mein ganzer dreigeteilter Leib würde nicht für genug Aufmerksamkeit sorgen. Es musste etwas anderes sein ... Das Licht im Schacht verdunkelte sich, die Tür zuckelte von links nach rechts. Ihr Gesicht verbarg sie im Schulterblatt ihres Freundes.

*

Unter dem Schild »Notaufnahme« prangten vier goldene Sterne. Früher war das Gebäude ein Luxushotel, erzählte der Taxifahrer, nun gehörte das Copa D'or zu den besten Krankenhäusern der Stadt, europäische Klasse. *I would like to thank the academy.* Plastikschalen in Reihen, alles besetzt. Links von ihr ein Mann mit schlaffem Arm, rechts eine ältere Dame, die ständig zu jemandem in ihrem Telefon »Ich versteh das, ich versteh das« sagte. Auf einem Plakat eine Zielscheibe, darüber die Worte: »Vorsicht Dengue!« Der Nullgeruch der Klimaanlage. Das etwas zu laute Lachen, das Durchatmen, das eher ein Pusten war, das Nägelkauen, unterbrochen von dem Verlangen, etwas zu hören, etwas zu sehen, etwas Einordnendes, etwas zur Beruhigung, ein Summton, ein A, B, C, D oder E auf der digitalen Anzeigentafel, das einem den Weg wies.

Formulargekritzel auf ihren Knien. Die Schmerzmittel hatten nicht gewirkt. Wie auch. Irgendwo schrie ein Kind. Irgendwo schreit immer ein Kind, das ist gut für eure Empathie. Draußen fuhr ein weißer VW-Bus rückwärts bis zum Gebäude. Türen öffneten sich. Jemand schob aus einer Luke des Krankenhauses vor den Augen der Gesundwerdenwollenden einen Sarg in den Bus. Mit genau dieser Selbstverständlichkeit, mit der man Essen aus der Küche in den Restaurantbereich schiebt. Der Sarg war schlicht, er war Fakt. Leiser Rumms beim Hineinschieben. Ein noch junger Mann mit grauen Haaren lud eine Reisetasche auf den Beifahrersitz. Er drehte sich kurz um. Seine Augen trafen ihre Augen. Sein Blick war so nackt, dass man meinte, bis zum Grunde seines Herzens sehen zu können. Und doch lag nichts anderes als Normalität in diesem Blick. Hundert Meter tiefe Normalität. Türenknallen, und der VW-Bus verschwand im Strom der Hauptstraße. Ich könnte nicht sagen, was genau passiert war, ich kann nur sagen, dass diese Szene alle Ängste, jede Ungeduld, die Wünsche und Hoffnungen, jeden Schmerz und jedes Ertragen in der Notaufnahme des Copa D'or auf einen Punkt zusammenzog, der klar und schön war;

auf einen Kern, in dem die Wahrheit lag, ohne dass sie jemand benennen konnte.

Die Tür zu »Consultório 3008« öffnete sich. Schalentiere drehten den Kopf nach links. Diesmal war sie dran. Dr. Rozenbaum, hager und braungebrannt, erinnerte sie an ihren Onkel Nr. 5. Als Kind hatte sie ihre Verwandten durchnummeriert. Und Onkel Nr. 5 und Tante Nr. 5 hatten immer Bonbons für sie aus dem Auto geworfen, wenn sie nach Hause fuhren. Vielleicht war das ein gutes Zeichen. Dr. Rozenbaum schneuzte sich, in ein Taschentuch mit Monogramm. Er war höflich und schnell gelangweilt. Von ihren Fragen, ihrer Unsicherheit, dem Raum ohne Fenster, dem Bild an der Wand, darauf eine dieser beliebigen Landschaften, die es nur in Arztzimmern gibt. Vielleicht ermüdeten ihn auch die eigenen Fragen, deren Antworten er schon festgelegt hatte. Sein Blick war kein neugieriger mehr.

Aber die Reise, der Amazonas. Er sah sie an, als käme sie aus der Landschaft auf seinem Bild. Als könnte sie es besser wissen. Ihn auf seiner Reise unterbrechen, zu der er längst aufgebrochen war. Er kannte die Route, sie war ihm so vertraut. Es sei A. Natürlich. Eine der vielen Dengue-Erkrankungen, die in Rio, wie in vielen Teilen Brasiliens, wüteten. Und sie sei natürlich nicht gefeit. Wertlose Medikamente schrieb er auf den Block, auf den in blauen Schnörkeln der Name des Krankenhauses gedruckt war.

Die Plasmodien waren eine Alge, ein schlichtes Wassergewächs, bevor sie in unsere Körper eindrangen. Wir sind sechs Tage lang Eier, neun Tage lang Larven, zwei Tage lang Puppen, bevor wir zu Mücken werden. Was wart ihr, bevor ihr in dieses Leben getaucht seid? Wie lange seid ihr Puppen, bevor ihr Menschen werdet?

Der Körper verrät alles, wenn man ihn nur richtig befragt. Im Laufe der nächsten drei Tage sollten es noch fünf weitere Ärzte nicht tun, ihn befragen. Vielmehr waren sie damit zufrieden, schnell ein Rezept auf den Tisch zu legen. In der Geschichte verhielt es sich nicht anders.

*

Im Jahr 1879, die Miasmen-Theorie verlor langsam an Farbe, präsentierten in Italien zwei Herren namens Edwin Klebs und Corrado Tommasi-Crudeli die Lösung des Malaria-Rätsels. Die 70er Jahre des 19. Jahrhunderts waren das Zeitalter des Bakteriums. Man verabschiedete sich schrittchenweise von der Theorie der schlechten Luft und überführte Mikroben als üble Verursacher von schweren Krankheiten. Robert Koch und Louis Pasteur waren die Stars dieser neuen Weltanschauung. Konnte nicht auch Malaria einem Bakterium zugeordnet werden? Wäre das nicht phantastisch? Eilig entnahmen Klebs und Tommasi-Crudeli Proben aus den Pontinischen Sümpfen, das dunkle Wasser injizierten sie Kaninchen. Die Tiere bekamen hohes Fieber, ihre Milz blähte sich auf, in ihrem Blut fanden sich schwarze Partikel. Den Forschern gelang es, ein stäbchenförmiges Bakterium aus den sterbenden Kaninchen zu isolieren. Sie gaben ihm schlichtweg den Namen *Bacillus malariae*. Die Entdeckung wurde mit großem Applaus empfangen, die Wissenschaftler-Clique stieß mit Champagner auf diesen Meilenstein an. Auch wenn es keinem Forscher ein zweites Mal gelang, dieses Bakterium zu finden. Auch wenn im Nachbarland ein Franzose schon einer ganz anderen Theorie auf der Spur war. Der Wunsch nach einem Schuldigen hatte den Angeklagten überführt. Natürlich war es nicht unwichtig, dass die beiden Genies in Italien waren. Die römische Campagna war lange vor Christi Geburt bis in die frühen 30er Jahre des 20. Jahrhunderts, als Mussolini die Sümpfe trocken legen ließ, eine der am stärksten mit Malaria verseuchten Gegenden der Welt. Rom glich der mit Blättern bedeckten Grube, in die alle hineinpurzelten. Die Krankheit war nicht nur eine Plage, sie war auch eine Mode, wer konnte seine Feinde schon mit »Römischem Fieber« statt mit Schwertern schlagen. Die Italiener beanspruchten die Krankheit für sich wie eine eroberte Stadt. Wer auf der Welt hätte ein drängenderes Bedürfnis gehabt, den Erreger aufzuspüren – oder vielmehr, seine Identität festzulegen?

Im brasilianischen Rom, in Rio, hieß die Bedrohung des Jahres 2004 Dengue-Fieber, auch wenn sie selten tödlich endete. Es war eine Epidemie, die Panik kreierte. Die Tageszeitungen übertrumpften sich jeden Tag mit einer neuen Paranoia-Titelzeile. In den Häusern schlugen die Menschen mit elektrisch geladenen Tennisschlägern um sich. Die Ärzte gerieten unter Druck, die Krankheit schnell zu identifizieren, damit sie sich nicht zu stark ausbreitete. Es war eine Ironie des Schicksals, dass Carmen ausgerechnet in diesen Monaten mit einem der in Rio äußerst seltenen Malaria-Fälle unter Abertausenden von Dengue-Fällen auftauchte. Es gab kaum einen Arzt in der Stadt, der in dieser Zeit keine Dengue-Brille aufhatte. Es war so, wie wenn man in eine rothaarige Frau verliebt ist; man nimmt nur noch Rothaarige wahr. Und wenn man ein Bakterium aus der Erde haben möchte, denkt man nicht an einen Moskito.

*

Manche dachten doch daran – nur glaubte man ihnen nicht. Einer von ihnen war Severino Duarte, der vor langer Zeit in dem Dorf Barracuda an einem Flussufer in Amazonien lebte. Severino hatte das irrsinnige Lachen einer Ziege. Leider sah man es selten, weil er sich stets den Mund mit einem Tuch verband. Er trug in der feuchten Hitze einen Mantel, der braun und weit war. Nach einer Malaria-Erkrankung hatte sich seine Handschrift verändert, was ihn oft in Schwierigkeiten brachte, wenn etwa eine Geliebte nicht glauben wollte, dass ein Brief von ihm stammte. Tagsüber wurde Severino als Sonderling verspottet, nachts, in den Träumen, bewundert. Als Einziger hatte er in Barracuda alle Sumpffieber der letzten Jahrzehnte überlebt. Täglich starben Väter, Mütter, Kinder daran. Mit sechzig Jahren war Severino der Älteste im Dorf. Natürlich musste dieser Umstand etwas mit seinem Mantel, dem Mundschutz, seiner gänzlich neuen Handschrift zu tun haben. Nur, wie hing alles zusammen? Manche, die sich in seine Hütte wagten, gar mit ihm sprachen, erfuhren die abenteuerlichsten Dinge. Von Moskitos und unsichtbaren Tierchen war die Rede. »Und die Mücken tun einem das Tier ins Maul?«, fragte ihn ein Junge. »Nein, die Tierchen wachsen im Bauch der Mücke, dann reisen sie von Mensch zu Mensch, dringen durch die Haut in deren Körper ein und treiben da ihr Unheil«, antwortete er. Am Ende war es doch Severino, der verrückt geworden war.

Bevor man ihn aus dem Dorf vertreiben konnte, ging er eines schönen Tages freiwillig. Er irrte durch den Wald, schlug sich durch das Dickicht, durchwatete langsame Flüsse, schlug Zäune nieder, bis ihn eine Baumreihe tiefer ins Gehölz führte. Die Bäume waren groß und reglos, sie waren dicht bewachsen, die Blätter ihm entgegengefaltet. Sie zeigten sich voll und ganz, als wollten sie ihn ansprechen. Sie hatten weder innere Organe noch Gedanken, sie waren pure

Manifestation, sie verbargen nichts, und dennoch war es ihm, als hätten sie ein höheres Wissen, als kennten sie das Geheimnis der Welt. Kaum war er rechts und links an zwei Riesen vorbei, spürte er ihre Blicke im Nacken. Der Weg führte ihn auf einen anderen Baum zu, der noch größer, noch schöner war als die anderen. Er kannte den Baum. Es war ein *Carapanauba*, auch *Árvore dos mosquitos*, Baum der Mücken, genannt. Er schwirrte und summte nur so. In seinem Stamm befanden sich kleine Ausbuchtungen, wie hölzerne Miniatur-Schwimmbecken, in denen sich das Regenwasser sammelte und die Anopheles ihre Eier ablegten. Die langbeinige Trompeterin lebte auf dem und durch den Baum. Seit Jahrhunderten kannte er sie, ihr Wesen, der Baum wusste von dem verdammten Kreis, in dem sie eingeschlossen war. Er musste es wissen. Und als Severino über diese Dinge nachdachte und dabei das dichte Wurzelgeflecht, das über den Waldboden lief, lange betrachtete, hatte er eine Idee.

Er schabte etwas Rinde von der Wurzel ab, lief zurück ins Dorf, kochte sie ab und brachte den bitteren Sud seinem Nachbarn, dessen jüngstes Kind an Malaria erkrankt war. Weil die Verzweiflung groß genug war, ließ man ihn gewähren. Das Kind trank den Saft in ruhigen Schlucken. Nach einer Nacht war das Fieber nicht mehr so hoch, die Milz nicht mehr aufgebläht. Wie durch ein Wunder ging es dem Kind langsam besser.

Severino blieb ein Sonderling; aber ein geschätzter.

Und der *Carapanauba* wurde als der Baum in Amazonien bekannt, der über das Zusammenleben mit dem Nichtsnutz Anopheles gelernt hatte, ein Mittel gegen Malaria zu bilden, das dem Kranken das Leiden zumindest erleichtert.

4. Tag

Visconde de Pirajá 210. Der *Porteiro* saß an seinem Holztischchen und las ein Buch mit dem Titel: *A arte de permanecer casado* (Die Kunst, verheiratet zu bleiben).

Zweiter Stock. Die Wände ihres Zimmers waren sandfarben. Hinter dem Fenster ein karger Innenhof. Keine Vorhänge, sondern Lamellen. Wenn der heiße Wind hereinwehte, wirbelten sie ineinander, klackten leise. Eine Kommode, ein Tisch, ein Regal.

Eselsohren in ihren Büchern. Der Drang, die Dinge verstehen zu wollen. Eine Papageienblume, die ihr versicherte, dass es warm war, wenn es in ihr kalt wurde. Sie lag in ihrem Zimmer und sehnte sich nach dem Zimmer, das es gewesen war.

Über allem thronte der weiße Ventilator, auf dem ich saß und Carmen anschaute. Wie still sie dalag, Eingeschlossen in ihren Gedanken, ihren Empfindungen, die einen festen Kreis zogen.

Sie dachte an zu Hause. Vor allem dachte sie an zu Hause. Sie hatte eine absurde Sehnsucht, »nach Hause« zu kommen, zu ihrer Familie, in ihren kleinen bayerischen Heimatort, den sie schon längst verlassen hatte. Es war nicht wegen ihrer Eltern, die konnten ja hierherkommen, falls sie nicht gesund wurde. Es war wegen ihrer Großeltern. Maria und Rudl. Die konnten nicht mehr kommen. Der Opa konnte nicht mehr kommen, weil er tot war. Die Oma konnte nicht mehr kommen, weil sie sterben wollte. Dem Opa nachfolgen. Ihre Hand hatte sie im letzten Jahr auf seinen Sarg gelegt und ihm versprochen: »Ich komm bald nach, Rudl.« Das versuchte sie nun seit einem Jahr, das Sterbenwollen.

Die Oma. Wie sie durch die Brennnesseln mit nackten Füßen gelaufen ist. Stolz wie eine indische Göttin. Wie sie den Kaffee über dem brennenden Holz aufgesetzt hat. Wie sie von ihrer Flucht erzählte. Dem Vertriebensein. Der Ohrensessel, der Ofen, ihre Wolle. Wie der Opa Holz gehackt hat, eine Hand nur drei Finger. Wie er über Politik diskutierte, leicht nach vorne gebeugt. Nachfragend, herausfordernd. Wie er seine Stadtwurst geschnitten hat. Wie er das Pferd am Kirschbaum festband. Wie die Oma die Karotten aus der Erde zog. Wie es nach Rohrnudeln duftete in der Küche. Und wie kalt es war im Schlafzimmer.

Manchmal hörte die Oma das Böhmerwaldlied. Nicht weil es gespielt wurde. Sie hörte es in ihrem Kopf. Ein Junge singt es, sagte sie, ein paar Stockwerke über ihr. »Oma«, sagte Carmen einmal zu ihr, als sie traurig auf dem Sofa saß, der Opa schon unter der Erde, »Oma, sollen wir mit dir mal in den Böhmerwald fahren?« »Nein.« »Aber du wolltest doch da immer hin, es ist doch deine Heimat.« »Der Böhmerwald«, sagte die Oma und schaute ihr in die Augen, »der ist da oben.« Sie deutete mit dem Finger in die Luft. Den ganzen Böhmerwald, wo der Opa bei ihr fensterlte, sie das erste Mal küsste, diesen Böhmerwald hatte er mit in den Himmel genommen.

Jetzt lag sie hier, und ihre Oma versuchte zu Hause zu sterben. Wie absurd das war. Wie weit weg. Wie gerne sie ihre raue Arbeiterhand halten würde. Dabei wussten sie zu Hause noch gar nichts. Niemand sollte sich aufregen. In drei Wochen würde sie ja zu Hause sein. Sie hatten doch alles im Griff, die Ärzte.

Noch schützte ich mich, so gut es ging, vor ihren Gedanken. Ließ nicht alles, was sie erlebte, zu meinem Erleben werden. Wehrte mich gegen das (ein Gefühl?), was ich aus meinem Magen aufsteigen spürte. Ich wollte es ignorieren, wie man einen Bettler ignorieren will. Mich auf die Geißeln konzentrieren. Sie waren das, was nicht sterben wollte in ihr.

Jeden Tag, den ganzen Tag, sah ich sie an. Sah, wie sie sich veränderte. Die rosige Haut dünn über die Knochen gespannt. Bald kannte ich jeden einzelnen ihrer Atemzüge. Der bebende, schnelle Atem im Fieber. Das Aussetzen des Atems beim Frieren. Der ruhige, schwere Atem im Schlaf. Wenn sie schlief, saß ich auf ihren Wangenknochen. Das Lid eine fleischliche Decke über dem Auge. Ihr Schweiß klebte an meinen Beinchen.

Hörte sie das Dröhnen des Weltraums. Sah sie sich von oben, fern der Erde, hineingefallen, verloren zwischen Gebirgen, Meeren, Wüsten, Eisflächen und Wäldern. Sah sie sich von innen, die Schlachten zwischen Blutzellen und Parasiten auf offenem Feld. Die millionenfache, blindwütige, aus eigener Kraft nicht mehr aufhaltbare Zerstörung. Was blieb von ihr übrig, wenn sie sich so sah.

Alles, worauf sich ihr Wünschen richtete, war der wärmende Zustand der Gesundheit; die Erlösung, das Nach-Hause-Kommen. Wie eine Schablone war sie aus dem Papier des Lebens herausgeschnitten worden, nur, um schnell wieder an derselben Stelle eingefügt zu werden. Es gab kein dahinterliegendes Papier. Sie glaubte Arzt Nr. 2, der Arzt Nr. 1 bestätigt hatte. Es fühlte sich gut an, sich dafür zu entscheiden, ihm zu glauben. Ja, sie hatte ihre Diagnose.

Jedes Glück, aber auch jedes Unglück beginnt mit einem Ja.

Ja sagte ich zu ihrem Blut. Ja sagten ihre Blutzellen zu den Geißeln. Ja sagte sie zu ihrer Diagnose.

Die Diagnose ist der Große Vereinfacher, weil sie den lebendigen, denkenden Zweifel unter den Teppich kehrt; weil sie die Krankheit verortet. Nicht der Körper ist krank, nur der Blase, der Niere, dem Magen oder der Leber geht es schlecht. Es geht nicht um Leben und Sterben, es geht um die Leber.

Es ging also um Dengue. Alles würde bald gut werden. Nur der anhaltende, sich einnistende Schmerz in ihrem Kopf und das, was in ihrem Körper vorging, ließen sie manchmal daran zweifeln. Wie ein Tintenfisch streckte etwas seine Arme nach allem aus, saugte sich daran fest, es zwang sie hinab in die Tiefe. Alles Schwere, Mittelmäßige, Klare, Feste, Gutmütige war weg.

Es hatte sich eine seltsame Trennung vollzogen. Zwei Gesunde, eine Kranke, eine Mücke. Wie in einem Theaterstück mit dem Titel »Alles wird gut« hatten alle ihre Rollen eingenommen. Als wüssten alle, was sie zu empfinden und zu tun hatten.

Das Denken ist niemals identisch. Die Ansprüche, Hoffnungen, Erwartungen, Ängste, Begrenzungen sind niemals identisch. Trotzdem sind alle in stillem Verständnis einander zugewandt.

Zur Rolle des Gesunden gehört, dass man dem Kranken kindliche Anweisungen erteilt. *Iss. Trink. Deck dich gut zu.* Der Kranke soll immer »eine Kleinigkeit« essen. Diese Kleinigkeit war das, was blieb. Carl brachte ihr Reis und hielt ihr den Löffel hin. *Iss.* Sie konnte nicht. Vielleicht wenn er den Reis in der Pfanne … Er briet ihn. *Iss.* Sie konnte nicht. Vielleicht wenn der Reis nicht so nach nichts schmeckte … Er streute Salz darauf. *Iss. Du musst essen.* Es ging nicht. Selbst der fahle Geruch des Reis brannte in ihrer Speiseröhre. Sie würgte, zuckte, rang um Luft, bis ihr Tränen in die Augen stiegen. In einer Fontäne platschte das Malheur auf den Boden. Was kam da aus ihr heraus? Sie aß ja nichts. Es roch säuerlich. Der säuerliche Urgrund. Ein Gefühl des Ekels und der Befreiung. Etwas zutiefst Lebendiges. Sie erbrach sogar das Wasser, das Carl und Ana ihr mit einem Teelöffel einflößten. Ihre Rolle sah vor, es immer wieder zu versuchen, manchmal stumm den Kopf wegzudrehen. Man kannte diese Szenen aus Filmen, sie waren so vertraut und anwendbar.

Im Nebenzimmer hörte sie, dass Carl und Ana, ihre engsten Freunde, über sie sprachen. Ihre Gesichter aus dem Nichts über dem ihren. Die Blicke hatten etwas Ermittelndes, Unsicheres, Mitleidiges bekommen. Sie galten nicht mehr ihr, sondern etwas, das sie darstellte. Dabei waren sie ihr so nah wie nie zuvor. Sie war ihnen so dankbar. Einmal wachte sie deshalb mitten in der Nacht auf: aus Dankbarkeit. Sie machten ihr Wadenwickel, legten die Hand auf ihre Stirn, ihre Wange. Umarmkommandos. Sie rückten eng zusammen. Innen wuchs die Entfernung.

Sie dachte an das Rio draußen. Wellenreiter, Bikinimädchen, Eisverkäufer. Absurde Figuren. Der Sand, der so glühte, dass man nicht barfuß laufen konnte. Sie sah den heißen Wind, er wehte die Prudente de Moraes hinunter, bestärkte die Feuertöpfchen der Garota de Ipanema, über denen das Fleisch brutzelte, streifte die Hände des Popcorn-Verkäufers, rollte die Visconde de Pirajá hinauf, glitzerte in der Elvis-Frisur ihres *Porteiros*, verewigte sich mit zwei untertellergroßen Flecken unter seinen Achseln, stockte kurz im Aufzug und verfing sich schließlich im rauschenden Ventilator dieser Wohnung – dort hing ich, versteckt in einem Winkel im Auge des Orkans, wo Ruhe herrschte.

Was war meine Rolle? Überbringerin der Nachricht, Werkzeug, Kurier, Geißelbunker, Unsichtbare, Allwissende, Mörderin, Retterin? Unter ihrer Haut schimmerten die bläulichen Adern wie die zugefrorenen Nebenarme eines Flusses. Ich könnte sie nochmal stechen, an einer prominenten Stelle, ins Gesicht, volles Risiko, damit alle es sahen, auf einen, auf *den* Gedanken kamen. Und wenn schon, sie würden doch nur den Stich einer Dengue-Mücke darin erkennen.

Ich werde kein Blut mehr saugen, nie wieder. Ich werde die Dämonen nie wieder irgendwohin mitnehmen. Sie war die Letzte. In ihr blieben sie.

Wir waren so eng miteinander verbunden, wie man es nur sein konnte, wir waren für unser restliches Stück Leben in dem Kreis eingeschlossen – die Natur trennt nicht, sie verbindet, knüpft ihre Knoten, wo sie kann, und sei es durch den Tod.

Manchmal war es, als schaute sie mich an. Aber sie sah mich nicht. Selbst wenn, was würde das wohl bedeuten? Sie würde ihren Freund bitten, mich zu erschlagen. Nicht mehr, nicht weniger. Auch wenn Carls Gesicht sicher eine schöne Nervenkitzel-Geisterbahn zustande brächte, mein Plan sah etwas anderes vor.

In dem Zimmer gab es nur eine Sache, die leicht genug war, um sie zu transportieren.

Der gelbe Staub, der aus einer Tulpe von dem Frühlingsstrauß gefallen war. Behutsam nahm ich ihn mit meinem verdammten Stechrüssel auf, nur wenige Körner, vorsichtig, ich flog so langsam wie möglich, um nichts von der kostbaren Fracht zu verlieren. Steuerte nach links, landete auf dem Fensterbrett. Nun begann ich Staubkorn für Staubkorn aus meinem Taktstock fallen zu lassen, mit seiner Spitze schob ich die Körner tastend vor mir her und begann mit der Arbeit, den ersten Buchstaben des Wortes zu formen, das ich schreiben wollte: ein M. Die Längsstriche zehnmal so groß wie ich. Es dauerte, es musste hier und da korrigiert werden, aber es ging. Ein M stand da, ein stolzes M, ohne Zweifel. Ich würde das ganze Wort schreiben, ganz egal, wie lange es dauerte, wie viel Anstrengung es mich kostete. Carl oder Ana würden es lesen, den falsch eingeschlagenen Weg begreifen, den Irrtum auflösen. Meine Euphorie reichte bis zum dritten Buchstaben, dem fatalen.

*

Der Vater auf der Eckbank. Wie er beim Abendbrot Augustinus zitiert: »Ich liebe die Heißen oder die Kalten, die Lauen spuck' ich aus.«

Das war sie jetzt. Ein heißer oder ein kalter Mensch.

Bis zum fünften Tag sah sie noch klar. Die Blume, den Tisch, das Muttermal auf Carls Wange. Sie konnte sich gut zureden. Sie konnte es verstehen, wenn Carl ihr etwas aus dem »Oblomow« vorlas. Sie schlief. Sie träumte auch. Aber nun träumte sie nicht. Sie war wach. Es war auch kein Übergang, keine schwammige Wirklichkeit, keine Zimmerdecke, die auf sie zufällt. Diese Bilder waren klar wie ein Film. Sie fieberte nicht, sie schwitzte es aus. Ein Speichelfaden tropft von der rissigen Lippe. Augen zu, dahinter stülpt einer den Schädel nach außen. Farben werden Gestalten. Hinter ihren geschlossenen Augen marschieren Soldaten. Ein Soldat löst sich aus dem martialischen Ganzen der Gruppe, dreht den Kopf zu ihr. Seine Augenhöhlen sind leer. Schnitt. Seine abgehakte Nase vor ihrer. Er brüllt sie an. Sie wirft den Kopf im Kissen zur Seite, er bleibt vor ihren Augen. Schreit wie ein zu Tode gereiztes Tier, sie hält sich die Ohren zu. Der Lärm kommt von innen. Schnitte, wie von einem klackernden Messer vollführt. Sie kann nur wenige Bilder fassen. Zu schnell, viel zu schnell. Wenig Wiederkehrendes, Erkennbares. Stimmen flüstern, nicht zu verstehen. Gesichter zerfließen, fließen ineinander zu Fratzen, Zahngefletsche. Münder beschimpfen sie. Was hat sie getan? Zurückspulen. Von vorne. Zurück. Von vorne. Piratenschiffe, schwarze Holzbäuche, ziehen vor ihr auf dem Meer vorbei. Wo ist sie? Verhaken im Raum verboten. Programmschwerpunkte. Immer wieder Piratenschiffe. Einmal hebt sie die Hand, will sie berühren, fasst ins Leere. Bitte, aufhören! Wann hört es auf? Hört es denn auf? Sie drückt den Daumennagel in ihren Finger, spürt keinen Finger, keinen Nagel, die Bilder im Kopf überwältigen sie. Immer wieder Teddybären auf Galeeren. Sechs, sieben Tage lang begleiten sie Stoffbären auf Booten. Sie rudern und rudern, mit ihrem Dauergrinsen, den reglosen Gesichtern. Sie rudern durchs dunkle Meer. Ein Teddybär schwingt die Peitsche. Später wird der Beobachter im Kopf hysterisch lachen: Teddybären auf Galeeren, wie absurd. Aber jetzt ist kein Beobachter da. Jetzt sind nur Teddybären da. Das Ich ist abgeschaltet. Das Band zu Geist und Körper zerrissen. Das, was nach diesen Stunden, jeden Tag, als Frage im Raum und in ihr stehenblieb, eine Frage, die nachhallte, in ihr und im Raum, wie ein verstörendes Echo: Wenn der Körper nicht mehr da ist und der Geist auch nicht mehr, was bleibt dann noch übrig?

5. Tag

Ich weiß nicht, wie erschöpft ich war. Vielleicht wäre es für euch so, als hätte ein Blinder den Mount Everest bestiegen, ohne Proviant, in Stoffturnschuhen. Ich hatte das M, ich hatte das A, nun kam der dritte von insgesamt sieben Buchstaben. Es blieb nicht viel Zeit, jeden Augenblick konnten Ana oder Carl hereinkommen, ihr etwas zu trinken geben – oder es versuchen – und das Fieber messen (Kälte maß man seltsamerweise nie). Ich riss mich zusammen, flog zum Blumenstrauß. Unter den Blüten lag kein einziges gelbes Staubkorn mehr. Kein einziges, weit und breit. Ich hatte alle aufgebraucht. Mein Gott, was sollte ich tun. Mir blieb nichts anderes übrig, als direkt zur Quelle zu fliegen, aus der Blüte den Staub zu bergen. Wie eine drittklassige Biene stocherte und bohrte ich, rutschte mit den langen Beinen von der Blütenwand ab, bis ich endlich genug aufgeladen hatte, um das L zu schreiben. Ein gerades, klares L. Jeder Idiot konnte lesen, was da stand. Gerade, als ich mit dem waagerechten Strich fertig wurde, ging die Tür auf.

Carl kam herein, ohne anzuklopfen, ohne das geringste Zögern. Viel zu früh. Zu spät. Vielleicht würde es ja reichen. Es musste reichen, wenn er intelligent war, und er war es, würde er die drei Buchstaben, die schon ein Wort bildeten, in seinem Kopf vollenden. MAL. Schlecht, Böse. Nur ARIA, die Luft, fehlte noch. Carl ging nicht wie sonst zu ihrem Bett, sie schlief gerade, sondern schlenderte zum Fensterbrett, er kam direkt auf mich zu. Was für ein Glück, gleich würde er es lesen, er würde es wissen, die Geißeln müssen sterben. Nur noch zwei Schritte, vor seinen Augen das leuchtende Gelb. Mit einem festen Ruck öffnete er das Fenster.

Ein einziger Windhauch, und alles flog davon, wirbelte in tausend Stückchen durch den Raum. Meine Nachricht löste sich in Luft auf.

Was muss ich tun, damit ihr mich erkennt? Wie muss ich mit euch sprechen, damit ihr mich versteht? Begreift ihr es nicht. Sie stirbt an der Luft.

*

Eine große Entdeckung beginnt immer damit, dass sich jemand nicht zufriedengeben will mit dem, was er weiß oder nicht weiß. Manchmal sind auch Glück oder Zufall im Spiel. Im Falle von Charles Louis Alphonse Laveran spielte jeder dieser Faktoren eine Rolle, als er am 6. November 1880 den »Bacillus malariae« zerstörte. Der in Paris geborene Laveran war der Enkel und Sohn eines Militärarztes, und er war nicht derjenige, der diese Reihe revolutionierte. Laveran war eine seriöse Erscheinung, mit einem Zwickerglas im rechten Auge, einer Uniform und einem gepflegten Bart. Seine verbüßte Kriegsgefangenschaft konnte seiner geraden Haltung nichts anhaben. Im Jahr 1878, im Alter von 33 Jahren, ging er nach Bône in Algerien und später nach Constantine, wo er im Militärkrankenhaus arbeitete. Täglich begegnete ihm dort die Malaria.

Meine Vorfahren hatten sich an der nordafrikanischen Küste ausgebreitet. Die Franzosen selbst hatten durch die Einführung des Reisanbaus ein Moskito-Paradies in den Küstenfarmen geschaffen: stehende Gewässer, Pfützen, kleine Oasen. Die Mücken waren die eigentlichen Kolonialherren. Sie brüteten fleißig wie die Fliegen, expandierten in alle Richtungen. Die Franzosen mussten ihretwegen eine Schar von Ärzten entsenden, um die – unwissentlich hausgemachte – Katastrophe halbwegs in den Griff zu bekommen.

Laveran begann sich für die Krankheit, der er in Frankreich kaum begegnet war, genauer zu interessieren. Er führte Autopsien an seinen verstorbenen Patienten durch. Die Krankheit war mit dem Tod verstummt, aber sie hinterließ ihren Fingerabdruck. Der Arzt öffnete die Körper mit einem sauberen Schnitt, so wie es die Wari-Indianer, tausende Kilometer von ihm entfernt, lange Zeit taten. In Mato Grosso, Brasilien, zerlegten sie die Körper ihrer Stammesbrüder, entnahmen die Organe und sahen, dass die Leber der

Verstorbenen gräulich war, schmutzig, fast schwarz, als wäre sie zuvor in eine Grube gefallen.

Als sie davon kosteten, spuckten sie das Stück Fleisch auf der Stelle wieder aus, so bitter schmeckte es. Sie lernten Malaria über den Kannibalismus kennen. Laveran ging natürlich nicht so weit, von dem Organ zu kosten, aber er sah dasselbe in den toten, ausgemergelten Körpern: eine kohlefarbene Leber. Alle hatten sie, egal, ob sie werdende Mütter waren oder Kinder, ob sie arm waren oder reich, zierlich oder fettleibig. In ihren Blutbahnen fand er zudem immer wieder schwarze Farbpigmente. Die schmutzige Leber und das schwarze Blut machten alle gleich. Als hätten die Körper ein unterirdisches Kommunikationssystem, das die Verfärbung befiehlt. Diese Tatsache erschuf in ihm die Vorstellung, dass der Mensch nicht mehr einzigartig war, sobald er von diesem Unbekannten angegriffen wurde. Jeder Körper reagierte gleich in der Bedrohung oder wurde zum Gleichen gezwungen. Ganz egal, welcher Mensch es war.

Wer hatte die Macht, das zu tun? Der Militärarzt studierte zwei Jahre lang die einzelnen Akte des Malariatodes. Es ist schon seltsam bei euch Menschen. Während der Körper noch gegen die Krankheit kämpft, beginnt er, unabhängig davon, zu sterben. Euer Tod ist selten ein fester Punkt, wie der Schlag auf einen Mückenkörper. Kein Aus-Vorbei. Er entwickelt sich. In verschiedenen Ecken des Körpers lösen sich die Dinge langsam auf wie Brausetabletten. Gewebe sterben ab, Organe versagen. Der Tod ist nicht einfach der Schlussakt der Krankheit. Im Verborgenen betreibt er längst sein eigenes System, seine eigenen Prozesse, er operiert parallel zur Krankheit, ist wie sie weit verzweigt. Er ist an sich lebendig. Man vergisst das immer.

Laveran ärgerte sich, weil er nicht weiterkam. Von nun an wollte er sich auf die Untersuchung der noch lebenden Patienten konzentrieren. Immer tiefer in sie hineinschauen, sich immer weiter zu der kleinsten Einheit ihres kranken Wesens vorarbeiten. In ihrem Blut florierte noch der Ursprung des schwarzen Geheimnisses. Mit seinem Mikroskop, das zu dieser Zeit nicht mehr als optisches Geplänkel war, zog er sich zurück. Unter dem Glas fand er neben den pigmentierten Blutzellen auch gefärbte, kugelförmige Elemente in verschiedener Größe, und noch auffallender: schwarz pigmentierte, halbmondartig geformte Körperchen. Waren das lebende Tierchen? Reihenweise kamen die Patienten zu ihm. Um ihre Schultern hatten sie ein Handtuch gehängt. Wenn die Kälte kam und die Zähne schlotterten, wickelten sie sich darin ein, und wenn die Hitze kam, trockneten sie ihren Schweiß damit. Ihre Augen glänzten, und doch lag ein matter Schleier darüber. Ihr Blick ging in die Ferne. Weit ging er, unsagbar weit. Auf eine sonderbare Art konnte man ihnen nicht in die Augen schauen. Wo waren sie? Wer brachte sie fort? Laveran drängte es, das herauszufinden. Er wollte die Menschen nicht nur behandeln, denn dann würde er Hunderte, Tausende nur behandeln, aber niemals das Schreckliche verhindern.

Jemand war perfekt gerüstet. Nun musste auch er sich rüsten. Er wollte sehen, er wollte verstehen. Mehr war es nicht. Sein Blick hing an den Körperzellen, wie ein Ohr an der Tür des Feindes horchte. Was hatten ihm die Vorgänge zu sagen? Es ging nicht mehr um das Sichtbare, das, was sie ausdrückten, sondern um das, was sie geschickt zu verbergen wussten. In seiner Wiederholung würde sich das Geheimnis irgendwann enthüllen, so hoffte Laveran. Am Morgen des 6. November 1880 wurde er von einem fiebernden, vierundzwanzigjährigen Soldaten aufgesucht. Bevor er den jungen Mann mit Chinin behandelte, entnahm er wie immer etwas Blut, ein Tropfen davon landete auf dem Glas seines einfachen Mikroskops. Und nun geschah etwas Seltsames. Der Arzt untersuchte das Blut nicht sofort. Für mindestens fünfzehn Minuten musste er etwas anderes getan haben. War er aufgehalten worden? Kümmerte er sich um den jungen Soldaten? Suchte er ungewöhnlich lange die Toilette auf? Irgendein Zufall oder eine bewusste Entscheidung führten jedenfalls zur Enthüllung einer Sensation. Die Geißeln, die hier längere Zeit an der Luft lagen, mussten aufgrund der veränderten Temperatur annehmen, sie seien wieder in einer Mücke. Die Welt dazwischen kannten sie nicht. Sie begannen also nach einer Viertelstunde mit ihrer Verwandlung. Die kreisförmigen Sphären bildeten peitschenartige Fortsätze, die wild hin und her schlugen. Sich schließlich ablösten und wie zuckende Saugorgane die sie umschließende Blutzelle angriffen.

Laveran blieb der Mund offen stehen, als sein Auge auf der Linse ruhte, in ihm breitete sich eine wärmende Ruhe aus. Es handelt sich ohne Frage um lebendige Wesen. Er war der erste Mensch, der das Plasmodium, den Einzeller, die Geißel, die Malaria verursachte, gesehen hatte. Würde ihm das irgendjemand glauben? Er fertigte eine Zeichnung an. Gepunktete Kreise, Männchen, Halbmonde, Ostereier mit schwarzen Punkten, kaulquappenförmige Wesen, wie von Kinderhand gekritzelt. Laveran raufte sich die Haare. Es war die Formenfaltigkeit des Parasiten, die immer wieder neue Maskierung, die eine Lösung des Problems sehr unwahrscheinlich machte.

Wie sollte man einem einzigen Mikroorganismus mit so vielen Gesichtern je ganz auf die Schliche kommen? Vor allem: Wo kam er her? Wie zum Teufel gelangte er in den menschlichen Körper? Wer fütterte, wer nährte ihn, wo pflanzte er sich fort?

Darauf hatte auch Laveran keine Antwort. Weder im Boden noch im Wasser, noch in der Luft war er fündig geworden. Er schickte einen Brief mit seinen Beschreibungen an die Académie Nationale de Médecine in Paris – und erntete viel Gelächter. Tanzende

Geißelkörperchen, die ein unbekannter Militärarzt in Algerien gesehen haben will? Wo jeder wusste, dass ein Bakterium aus den Sümpfen die Krankheit brachte? Am wenigsten wollten ihm natürlich die Italiener glauben. Ein Franzose, ausgerechnet, soll das Rätsel ihres Römischen Fiebers neu entschlüsselt haben, unmöglich. Es sollte noch lange dauern, bis Laverans Entdeckung anerkannt wurde. So vergingen weitere Jahre der Ungewissheit und des Sterbens, in denen niemand von unserer Hauptrolle wusste.

Wie es der deutsche Arzt Otto Schellong am 25. Februar 1886, soeben in Neuguinea eingetroffen, in seinem Tagebuch festhielt: »Um den Malaien das nötige Quantum Chinin beizubringen, musste ich mir die Kranken aus den einzelnen Winkeln ihres gemeinsamen Wohnhauses oder unter den Bäumen der Insel, in deren Schatten sie ruhten, zusammensuchen; sie sind die denkbar anspruchlosesten Patienten; wie Igel zusammengekrümmt, liegen sie auf ihrer Bastmatte und haben sich die Wolldecke über den Kopf gezogen. Wenn der Fieberanfall vorüber ist, kriechen sie wieder hervor. Wo diese Erkrankungen mit einem Mal herkommen, lässt sich nicht einmal vermuten. Wir beschuldigten die recht engen und vollgepfropften Wohnräume der Malaien; dann wiederum schien uns das Trinkwasser verdächtig, das wir der Flussmündung des Bumi entnommen hatten. Wir tranken das Wasser seitdem nur gekocht und gefiltert, aber auch das hatte keinen Erfolg; vorläufig bleibt die Ursache des Malariafiebers also noch in gänzliches Dunkel gehüllt.«

*

Das Hellrosa des Abendhimmels, der Geruch von Meer, der Geruch von süßen Zwiebeln in der Pfanne, das Wachsen der Haare, die leisen Stimmen am Telefon, der schnelle Herzschlag. Das Leben fließt durch die Lamellen, und nirgendwo kommt neues herein.

Ich flog zu ihr. Behaarte Beine auf steifem Krankenhemd. Meine Glieder, die Palpen, die Flügel spiegelten sich in dem klaren Grün ihres Auges. Sah sie mich? Niemals würde sie mich sehen. Ihr Auge, das nicht aus vielen einzelnen Augen komponiert war, wie meines, sah nirgendwo hin. Es waren die Pupillen eines Betrunkenen, der nach innen schaut. Außen keinen Halt mehr findet.

Die Erwartung des Kranken an sich selbst, die Erwartung der anderen heißt: Du musst gegen die Krankheit kämpfen. Wie soll das gehen, gegen sie kämpfen? Kommt nur her, ihr kleinen Einzeller, ich zwinge euch nieder, mit der Macht meiner Gedanken. Ihre Gedanken: Das waren Ameisen zwischen den Fingern des Riesen. Man muss mit der Krankheit gehen, ihrer Geschwindigkeit folgen, sich auf sie einstellen, das Segel in den Wind richten, sich von Pol zu Pol treiben lassen. Erst wurde es kälter und kälter und kälter. Dann wurde es heißer und heißer und heißer. Eine Polarexpedition, eine Saharadurchquerung, im zweistündigen Wechsel, ohne sich von der Stelle zu bewegen. Eine Mücke, ein Stich hatte sie um die ganze Welt gebracht.

Das Fieber. Als würde sie mit einem glühenden Schmiedblock im Arm schweben. Schwer und leicht war sie. Konnte die Luft anfassen. 42 Grad, wer heizt so gut? Was ist da drin? In ihrem Kopf blubberte heißes Wasser. Weiß schäumende Gischt. Weit aus ihrem Inneren hörte sie eine Glocke, oder war es Gesang? Hörte sie die Geißelkörperchen tanzen? Brannten sie? Hörte sie mich singen, im C-Akkord? Zwei Stunden lang schwebte sie, dann stürzte sie ab. Ihr Gehirn war leer. Der Schweiß drang aus jeder einzelnen Pore. Jede Faser lebte, und jede Faser starb. Faser für Faser. Nie zuvor in ihrem Leben war sie ihrem Körper so nah gewesen.

Das war das Komische. Er gehörte ihr nicht mehr, nicht mal in Teilen, er folgte vollkommen losgelöst seiner eigenen Logik. Traf seine eigenen Entscheidungen. Aber er brannte für sie. Das Fieber war seine Verteidigung. Für sie. Und er *wusste*, über uneinsehbare Wege, dass sich in der hohen Temperatur die Geißeln weniger schnell vermehren, weniger Zellen plündern konnten. Er wollte sie daran hindern. Also trieb er die Temperatur hoch. Er tat etwas unerklärlich Schönes für sie. Das spürte sie jetzt und wusste doch nichts damit anzufangen.

Sagt mir, womit wisst ihr Menschen etwas anzufangen? Botschaften zerstreut ihr, Symptome missversteht ihr, erkennt nicht das, was ich bin. Was war das für eine dumme Idee, mit euch zu gehen. Jetzt musste ich mit ansehen, wie ihre wertvollste Zeit verstrich. Ihr nichtsahnenden, dummen Menschen.

Warum ihr immer wieder die gleichen Fehler macht, wisst nur ihr selbst. Welchen Sinn hat es, eine Generation auf die andere folgen zu lassen, wenn ihr nicht voneinander lernt. Wenn ich könnte, würde ich euch in die Fiebergruben eurer Vorfahren stoßen, in ihrem fauligen Schlamm würdet ihr stehen, ihre ach so miasmengeschwängerte Luft einatmen. »AATU« würde ich euch in die Haut ritzen, einen tiefen weißen Schnitt darunter ziehen, erst nach einer Schocksekunde füllt er sich mit frischem Blut. Warum bleibt eine Krankheit so beharrlich? Warum sind die Geißeln so mächtig und kennen die geheimsten Zugänge in eurem Körper?

Weil sie so unsagbar alt sind, weil sie so lange mit euch leben, so viele Generationen durchschreiten, euch bis in die winzigste Zelle hinein kennen, sich ständig verwandeln.

Aber ihr habt es ihnen auch ermöglicht, mir, dem Dritten im unfreiwilligen Bunde, habt ihr die besten Bedingungen geschaffen. Ihr seid in die Wälder eingedrungen, habt sie gerodet und dabei eine Landschaft voller sonnenbeschienener Tümpel geschaffen, in der unsere Eier prächtig gedeihen. Ihr habt die Erde zu einem warmen Planeten gemacht, bald werden meine Schwärme sich wieder sehr viel weiter ausbreiten können.

Vielleicht kennt ihr den alten Spruch: Gott vergibt immer, der Mensch vergibt manchmal, die Natur vergibt nie. Ihr nehmt und nehmt und glaubt ernsthaft, es bliebe dabei. Ihr plündert die Natur, genauso wie euch die Geißeln plündern. Ist das nicht gerecht? Ihr verhaltet euch wie ein Parasit und ermöglicht dadurch einem anderen Parasiten eure Zerstörung. Die Welt ist voller Kreise. Ihr seht sie nur nicht. Sagt mir, wer schließt sie.

Und meine Patientin? Hielt das Marienfigürchen in der Hand, hielt aus. Dieser Glaube an das Gute hatte etwas Infantiles. Es kostete Zeit, band Energie. Alles wird nicht gut. Alles wird, wie es wird. Aber sie, ja, sie ging immer noch davon aus, dass ihr nicht ernsthaft etwas zustoßen konnte (als gäbe es hier einen Willen). Sie, die so selbstsicher über die Planken am Ariaú-Fluss geschritten war. Die Riesenfrösche suchte. Die Häuser bauen wollte, die mit ihrem Ort verwachsen. Die ein Kind vor sich sah, das halb ihre, halb Carls Züge hatte. Die noch in diesem Monat unter zwei Wasserfällen stehen wollte. Die ein Glückskind war (als gäbe es hier ein Gesetz). Die alles zu verlieren hatte, weil alles, alles noch vor ihr lag. Die glaubte, dass alles gut wird, würde man selbst nur das Richtige tun. Wie eure Vorfahren, die zum König gelaufen sind, wenn sich eine Katastrophe anbahnte, brauchte sie nur den Ärzten vertrauen.

Go and tell the king the sky is falling down.

Ja, was soll er dann machen, der König?

Arme Blutsschwester, du siehst nur einen kleinen Ausschnitt dessen, was hier geschieht. Dein Blick geht durchs Mikroskop, ein schlechtes noch dazu, sogar Laveran hatte ein besseres. Sein Blick war ein suchender. Bei dir findet sich nur ein Vertiefen in die ausgewählten Glaubenssätze. Ein kleiner Ausschnitt. Nichts weißt du. Nicht, dass wir verbunden sind. Nicht, was deinen Körper schüttelt. Nicht, wie die Dinge zusammenhängen. Deine Sicherheit ist eine falsche. Wenn du Glück hast, wenn dir noch etwas Zeit bleibt, wenn du schlau bist, dann nutzt du diese verrinnenden Tage, um etwas Wesentliches zu lernen. Nimm die Augen weg vom Mikroskop. Sieh, was geschieht.

Natürlich hörte sie mich nicht. Niemand hörte mich.

6. Tag

Macht der Begriff des Unglücks das Glück zum Normalzustand?

Ist es folglich Glück, auf einer Reise nicht abzustürzen, nicht zu ertrinken, nicht zu erfrieren, nicht gestochen oder erstochen zu werden?

*

Ich flog durch den Korridor, zwei leere Wände entlang. Kleider lagen auf dem Boden, Zeitungen, Medikamente, ein Koffer halb aus- oder eingepackt. Ihre beiden Freunde saßen an einem runden Tisch, das weiße Rauschen über ihnen. Was sich unter einem Ventilator abspielt, erscheint oft zu Unrecht lächerlich. Wie eine Szene in einem Afrikafilm. Die gleiche Weichzeichner-Wirkung hat ein Moskitonetz – erst recht, wenn dahinter ein fiebernder Patient lag. Malaria, das war die romantische Krankheit.

Ana hielt mit der Hand ihren kleinen Mund. Carl faltete die Hände und blickte zu Boden. Es war ein furchtbarer Tag auf dem Baumwollfeld.

Ich riskierte einen Flug. Aus rituellen Gründen flog ich links um sie herum. Wir fliegen immer links um die Menschen, links auch um die Pflanzen. Das hat keine große Bedeutung. Die Macht liegt in der Wiederholung. Nicht mehr als zwei Sekunden blieb ich vor jedem Gesicht stehen, betrachtete es. Eine Hand schnellte in die Luft. Viel zu spät! Anas Gesicht hatte selbst im Leid etwas Verzücktes, Offenes, mit so einem Ausdruck sieht ein Mensch einem neugeborenen Fohlen beim Aufstehen zu. Ich setzte mich auf ihre Perlenkette. Ein Pumpen im Hals durch die weiß-bläuliche Haut. Ana war so zart oder verletzlich wie jemand, von dem man sich vorstellte, dass er nur in einem Schokoladengeschäft oder in einer Bücherei arbeiten konnte. Sie tat beides. Morgens arbeitete sie bei Chocolatier Leblon, am Nachmittag half sie in einer Bibliothek im Centro. Der einzige Kontrast, die einzige Irritation in ihrem Wesen, waren ihre ausgeprägten, dunklen Augenbrauen, die eher nach Großwildjäger, als nach Zärtlichkeit aussahen. Ihr Geruch: dunkelrot. Sie war es, die an diesem Tag mit erstickter Stimme den Notarzt rief.

Carmens Herz war nicht mehr an seinem Platz, es war tiefer nach unten gerutscht, der Herzschlag in die Mitte gewandert, es donnerte gegen die Wände, ihre Hände verklammerten sich, dann kollabierte sie. Weißes Gesicht auf weißer Bettwäsche. Panik, Schock, Angst mischten sich in die herannahenden Sirenen. Etwas musste geschehen. Etwas hätte nie geschehen dürfen.

In einem Traum saß ich auf ihrer Haut und stach sie nicht. Ich flog rückwärts von ihr weg. Ein unsichtbarer Faden zog mich in das verflochtene Ganze des Waldes zurück. Sie blieb unversehrt. In der Unschärfe des Aufwachens spürte ich noch die Erleichterung. Ging es immer noch um die Geißeln? Was ging hier vor sich?

Literweise lief die salzige Flüssigkeit durch die Infusionsnadel in ihren ausgetrockneten Körper. Die Augen der Notärztin mitfühlend und ratlos. Weiter beobachten, den Test abwarten. Der Geruch von Alkohol, die medizinische Variante. Die Hand von Carl auf Carmens Stirn. Tropfen um Tropfen floss in die Vene. Keiner ahnte, wie tollkühn das war, das Wasser konnte sich in der gepeinigten Lunge sammeln, den Atem lähmen, sie würde im Bett ersticken.

Ana hatte mit heißem Ohr unzählige Telefonate geführt, ihre Geschichte erzählt, um Hilfe, um Ratschläge gebeten. Sechs Ärzte hatten Carmen nun schon gesehen.

Stellt euch vor, ihr habt Schnupfen und Husten. Ihr geht zu einem Arzt und sagt ihm:

»Ich habe wohl eine Erkältung.«

Und der Arzt sagt:

»Sie haben keine Erkältung. Ihr Arm ist gebrochen.«

»Nein, zum Glück nicht. Ich habe eine Erkältung oder eine Grippe.«

»Wissen Sie das besser als ich? Gerade haben alle einen gebrochenen Arm.«

»Aber bei mir liegen Sie falsch. Ich bin stundenlang durch den Regen gelaufen.«

»Es ist der gebrochene Arm, er vernebelt Ihnen die Sinne.«

Dann kommt noch ein zweiter, ein dritter Arzt, vielleicht werden es sogar neun Ärzte, und jeder dieser Ärzte weigert sich, eure Erkältung zu sehen. Das geht so lange, bis sich die Erkältung in eure Lunge frisst, bis ihr so schwach seid, dass ihr nicht mehr sprechen könnt und ihr den gebrochenen Arm nehmt, weil der gebrochene Arm das Einzige ist, das ihr kriegen könnt.

Die Locken von Carl, überall dunkle Locken, die einen schwindlig machten. Eine große, gerade Nase. Ich mochte das Ernsthafte in seinen Augen, das Nachdenkliche. Vor den Ärzten stand er breitbeinig. Er lag oft neben ihr im Bett, hielt ihre Hand, wenn sie kalt war, wenn sie heiß war. Die Hand von Carl, der erste Abend, wie sie ihre Telefonnummer auf seine Hand geschrieben hatte. An ihrem letzten Urlaubstag hatte er mit seiner Freundin ein Gespräch über etwas Grundsätzliches geführt. Sie behauptete: Je mehr man über die Dinge wusste, desto einfacher wurden sie. Letztendlich verdichteten sich alle großen Themen, hatte man sich nur lange genug mit ihnen beschäftigt, zu ein paar wesentlichen Wahrheiten. Er widersprach ihr. Das Gegenteil sei wahr.

Je mehr man über die Dinge wusste, desto vielschichtiger, desto undurchschaubarer wurden sie, desto dringender entzogen sie sich einer Wahrheit. Sie konnten sich nicht einigen. Sie gingen schlafen. Sie wurde von einem Stich in ihrem Kopf geweckt; einfach und undurchschaubar.

Seine Augen waren ein trauriger See. Er sorgte sich, wusste nicht, was er tun sollte. Er hatte ein Flugticket für übermorgen. In Deutschland fanden in wenigen Tagen die entscheidenden letzten Prüfungen seines Studiums statt. Ana wollte in zwei Wochen nach Hause reisen. Carmen eine Woche später. Nun schien keiner mehr weg zu können. Vielleicht war das Freundschaft, das Nicht-mehr-weg-Können.

Aus der Küchenzeile klirrte und hallte es, das Echo eines Abwaschs. Ich drehte eine Volte. Fernanda, die 17-jährige *empregada*, hatte die Hände im Spülbecken. Dunkle, feste Haut. Krauses Haar wie Draht. Sie trug das Schildkrötenschicksal, von Anfang an alt auszusehen. Ein meist mürrischer Blick. Man könnte sie glatt für den *garoto pretinho da bacabeira* halten. Nur schlug sie niemanden zu Boden. Im Gegenteil. Sie linderte das hohe Fieber, indem sie der Kranken einen Eimer kaltes Wasser über den Kopf schüttete. Und ich beobachtete sie ein paarmal dabei, wie sie etwas Außergewöhnliches tat. Sie schlich in das Krankenzimmer, stellte sich an das Ende des Bettes, schlug die Decke zurück und nahm einen Fuß meiner Blutsschwester in ihre Hand. Dann drückte sie ihn mit ihrem rauen Daumen, ein paar Minuten lang. Schließlich nahm sie den anderen Fuß, drückte ihn wieder. Fernanda murmelte Verse vor sich hin, unverständlich, aber ihre Stimme, das sanfte Drücken der Füße beruhigten Carmen. Fernanda massierte die Füße. Nur weil man es tun konnte. Wo man so wenig tun konnte.

»Was sollen wir nur machen«, sagte Ana. »Sieh sie dir an«, flüsterte sie, »sie sieht aus wie ein Gespenst.« Eine Weile sagten beide nichts, nur das Geschirr in der Küche klapperte. Eine heiße Brise wehte vom Fenster herein. Von der Haltestelle hörten sie das Rauschen der Busse, das sich nach oben schraubte, als würden die Busse nur von etwas wegfahren und nirgendwo hin. Da sagte Ana: »Fernando.« Carl schaute sie an.

Wie ich tröpfchenweise erfuhr, handelte es sich bei Fernando um einen Freund von Freunden. Ein Arzt, ein Chirurg, der in Deutschland Medizin studiert hatte. Nach einigen Enttäuschungen, unter seinen Händen, am OP-Tisch, war er vor zwei Jahren radikal umgeschwenkt. Er hatte einen Garten angelegt, redetete nur noch von dem Garten. Im Wald sammelte er Heilkräuter, mit einem Pferd, an dem zwei Körbe befestigt waren.

*

In der Tür stand ein gut aussehender Mann mit einem Karton voller Graspflänzchen in der Hand. Das Lächeln musste er schon im Fahrstuhl aufgesetzt haben, so fest saß es. Er war diese Art Mensch, die einem augenblicklich das Gefühl geben wollte, dass sie im Besitz eines Geheimnisses war, das so revolutionär, so lebensentscheidend war, dass man es nur mit Auserwählten teilte. »Wo ist sie«, fragte er. »Ich will gleich zu ihr.« Er hatte immer noch den Graskarton in der Hand. Ana öffnete ihm die Tür zu ihrem Zimmer, nahm ihm die grünen Pflänzchen ab, in der Erde waren sie auf jungfräuliche fünf Zentimeter gewachsen. Schnell nahm ich am Kopfende Platz, dicht bei ihrem Haar, so dass wir ihn gemeinsam hereinkommen sahen.

Dr. Fernando runzelte seine Stirn, kniete vor ihr nieder, drückte ihre Hand, schaute ihr in die Augen, das Aufzugslächeln. Nun tat er etwas, was keiner der Ärzte vor ihm getan hatte: Er berührte sie. Er fühlte ihre Stirn, ihren Puls. Er ließ sie tief aus- und einatmen. Es waren die einfachsten, die schönsten Handlungen, weil in ihrer ruhigen Sicherheit schon eine Magie lag, die Heilung versprach. War es so einfach? Es hieß, mit der Erfindung des Stethoskops hätte auch die Entfremdung von Arzt und Patient begonnen, weil fortan kaltes Metall auf der Haut lag – wo vorher Haut auf Haut lag.

»Mach dir keine Sorgen, Carmen. In ein paar Tagen bist du wieder gesund«, sagte Dr. Fernando.

»Ich bespreche alles mit deinen Freunden. Du bekommst einen Saft, der dich heilt, es wird alles gut«, er drückte noch einmal ihre Finger. Ich war ganz dicht bei ihr. Ihr Haar roch nach Hoffnung. Ich spürte, wie durch jedes Wort etwas in ihr zu leben begann, frisch und hell wurde wie eine Zitrone. Ja, jetzt würde alles gut werden. Diesen Glauben hatte Dr. Fernando so mühelos gepflanzt wie einen seiner Grashalme.

»Was hat sie?«, sagte Ana.

»Mein Saft wird ihr helfen. Der Saft ist phantastisch.«

»Aber was hat sie?«, sagte Carl.

»Ich weiß nicht, Dengue vermutlich, ziemlich sicher. Der Saft wird alle Giftstoffe aus ihrem Körper ziehen, egal, was es ist, glaubt mir.«

»Sie ist heute Morgen kollabiert«, sagte Carl.

»Wenn sie alle zwei Stunden ein Glas trinkt, geht es ihr schon in zwei Tagen besser. Das verspreche ich euch. Ich verschicke diesen Saft in die ganze Welt.«

Dieser Grasdoktor schnippelte die Fuji-Äpfel klein, schälte den Ingwer, schnitt das Weizengras, schnell flogen die Finger, ein Grinsen, triumphierend hielt er das Sieb aus Leinentuch in die Höhe. Der Glaube kommt zu denen, die sich sicher sind. Anas Frage, ob sie nicht auch einen Mixer verwenden könnten, parierte Dr. Fernando mit einem ausdruckslosen Gesicht. »Die Kraft eurer Hände, eures

Körpers geht direkt in den Saft über. Was aus der Natur hineingekommen ist, muss durch sie auch wieder hinausbefördert werden«, orakelte er und überreichte ihnen das erste Glas. Es roch nach einer gemähten Wiese, die tagelang im Regenwasser gestanden hatte. Die ersten beiden Säfte um 11 Uhr und 13 Uhr trank und behielt sie. Die um 15 Uhr, 17 Uhr und 19 Uhr würgte ihre Kehle in einem einzigen Schwall hoch, den um 21 Uhr behielt sie wieder bei sich, den um 23 Uhr brachte sie selbst nach einer Stunde nicht hinunter, der Magen rumpelte fürchterlich. So ging das die ganze Nacht hindurch. Während Carl pausenlos presste, fütterte Ana sie weiter geduldig mit einem Teelöffel. »Du musst trinken, bitte, es macht dich gesund.« Grüne Wiesenflüssigkeit rann ihr seitlich die Mundwinkel hinab. Einmal kotzte sie Carl direkt vor die Füße, der das mit einem überraschten »Oh, danke!« quittierte.

Aber sie trank, sie trank, weil sie den Glauben trank. Einen Tag und eine Nacht lang ging das so, zwei Tage im Sinnesdelirium zwischen Gras und Ingwer. Es waren auch zwei gute Tage. In der Zubereitung des Saftes, dem Füttern, dem Entfernen der schmutzigen Laken, den Anrufen von Fernando lag in der dauernden Wiederholung etwas Beruhigendes. Pressen, Schneiden, Safttrinken. Jeder tat etwas, und es schien zumindest so, als löse man damit ein Problem. Das Leben war so übersichtlich und handlungsorientiert wie das eines Fußballers, der frei auf ein Tor zulief. Und das Tor fiel.

*

Der Grasdoktor Fernando war nichts Besonderes in der jahrtausendealten Geschichte der Malaria. Er setzte sich im Jahr 2004 an die Spitze der Ahnenreihe von Menschen, die das Leiden auf höhere Weise zu heilen versprachen, selbst wenn er gar nicht wusste, was er behandelte. Bereits die Sumerer kannten das »hektische Fieber«. Der Patient erhielt einen Ohrtampon, der mit den grünen Ausscheidungen einer Gallwespe gefüllt war. In der römischen Zeit empfahl der Naturforscher Plinius eine kleine Menge Menstrualblut in der Wolle eines schwarzen Widders einzuwickeln. Den blutigen Knäuel fügte man in ein Armband ein. Es würde ein Faden blutgetränkter Widderwolle genügen, räumte Plinius großzügig ein. Einfacher umzusetzen als sein alternativer Rat: das Herz eines Löwen zu essen. Wenige Jahre nach Christi Tod erfand man ein wahrhaft schönes Ritual gegen Malaria. Es galt, das Wort »Abrakadabra« auf Pergament zu schreiben und in jeder folgenden Zeile einen Buchstaben auszulassen, so dass sich ein umgestürztes Dreieck bildete:

ABRAKADABRA
BRAKADABRA
RAKADABRA
AKADABRA
KADABRA
ADABRA
DABRA
ABRA
BRA
RA
A

So wie das Zauberwort Zeile für Zeile einen Buchstaben verlor und einen Trichter bildete – so sollte auch das Fieber, Zeile für Zeile, aus dem Kranken herausfallen.

Das Stück Papier musste er in einem Amulett um den Hals tragen.

Im Norden von Deutschland vertraute man, bis ins 19. Jahrhundert hinein, auf die magische Wirkung des Schöllkrauts, das Albrecht Dürer nach seiner Malaria wie eine heilige Ikone malte. Zu einer ungeraden Stunde (3, 7 oder 9) gruben Helfer drei Schöllkrautpflänzchen mit der Wurzel aus und schnürten ein Bündelchen. Sie hängten es um den Hals des Patienten und warteten. So lange, bis die drei Pflanzen vertrockneten, in der Hoffnung, dass es ihnen das Fieber gleichtat.

Ihr fragt euch sicher, woher ich das alles weiß. Und ich frage euch: Woher wisst ihr, dass ich es weiß? Habt ihr nicht Zugang zu dem gleichen uns verbindenden Wissen? Findet ihr in eurem Gehirn nicht mehr die Treppe zum Untergeschoss, die Kellertür, hinter der sich die Schätze befinden? Und die Tür des Kellers darunter? Und die Tür des Kellers darunter? Und die Tür des Kellers *darunter*? In mir gibt es nicht so viele Türen.

Das Millionen Jahre alte Wissen meiner Vorfahren ist in meinem winzigen Wesen komprimiert. Das, was euch zerstreut, ist für mich einfach und klar. Ich werde euch immer einen Schritt voraus sein. Wollt ihr noch mehr Geschichten über eure Ahnungslosigkeit, eure Verzweiflung hören?

Im 17. Jahrhundert setzte sich in Rom aus bekanntermaßen größter Not eine Kur durch. Ein süßer Apfel wurde in drei Teile geschnitten. Auf das erste Stück schrieb man die Worte *Ave Gaspari*, auf das zweite *Ave Balthasar* und auf das dritte, ihr ahnt es schon, *Ave Melchior*. Am frühen Morgen, an drei aufeinanderfolgenden Tagen aß der Kranke je ein Stück, begleitet von drei *Vaterunser* und drei *Gegrüßet seist du Maria voll der Gnade*.

In vielen europäischen Ländern brachten die Priester zu dieser Zeit ein Schaf in das Zimmer des Fiebernden und stellten es neben sein Bett. Die Idee war, dass das Sumpffieber vom Menschen auf das Schaf überspringen sollte. Die drei Dämonen, die auf dem Bett hockten – der eine mit einem Hammer in der Hand, der andere mit einem Eimer Wasser und der dritte mit einer Feuerfackel –, sollten sich also fortan lieber an dem Schaf zu schaffen machen. Das kann gutgehen, natürlich. Das Schaf kann das übernehmen. Alles, woran man tief glaubt, kann helfen. Das Problem war, dass die Kranken nicht die Zeit hatten, diesen Glauben zu entwickeln. Sie starben vorher.

7. Tag

Es regnete leise, als Carmen erwachte. Der Kopf dröhnte, wie nach einem schweren Traum; mehr nicht. Es grauste sie vor diesem Tag. Das Flugticket von Carl war für heute ausgestellt. Sie hatten es vermieden, darüber zu sprechen. Das Licht kam durch den Hinterhof, über die Lamellen und die Papageienblume zu ihr herein. Carmen setzte sich auf, horchte lange in sich hinein. War das möglich? Sie fieberte nicht, sie zitterte nicht, keine Stöße, keine Soldaten in ihrem Kopf. War sie gesund? Geheilt?

Sie dachte an Fernando und seinen Saft. Ein tiefes Gefühl der Dankbarkeit durchströmte sie. Sie zog Carl, der neben ihr lag, am Arm: »Wir müssen Fieber messen. Wo ist das Thermometer? Ich glaube, ich bin gesund!«

Sie konnte aufstehen, sie konnte sich waschen, sie konnte mit Carl auf die Straße gehen, kein Zittern. Carl, Ana, sie, alle drei waren fassungslos und froh. Was war geschehen? War überhaupt irgendetwas geschehen? Dann war es wohl Dengue und bald vorbei. »Ich verstehe das nicht. Das ist doch total absurd, erst geht es mir unglaublich schlecht, und dann bin ich auf einmal gesund«, sagte Carmen.

»Vielleicht hat die Krankheit so eine Art eigene Intelligenz – oder Fernandos Zaubersaft hat uns allen eine Lektion erteilt«, Carl lachte.

»Dein Flug geht heute Abend …«, sagte sie.

»Ich weiß … Was meinst du, kann ich dich denn schon alleine lassen?«

»Du hast ja die Prüfungen, die sind wichtig, und dann die Hochzeit deiner Schwester am Samstag … Flieg doch, es geht schon«, sagte sie, wie jemand, der sich wünschte, dass der andere ihm widersprach. Er tat es nicht.

Sie fuhr sogar im Taxi mit ihm zum Flughafen. Begleitete ihn von sich weg. Wieder die Berge von Petrópolis, im blauen Licht gezackt. Sie standen in der Schlange vor dem Check-in.

»Ich würde nächstes Jahr gerne noch mal wiederkommen und ein Praktikum bei Isay Weinfeld in São Paulo machen«, sagte Carmen.

»Wer ist Isay Weinfeld?«

»Ein Architekt, ein Verrückter, der zur Beerdigung von Queen Mum nach London geflogen ist und nach Schweden ging, weil er es in Farbe sehen wollte. Er kannte nur die Schwarz-Weiß-Filme von Bergman.«

»Was macht er für Architektur?«

Reden strengte sie an, das merkte sie jetzt. Sie wackelte etwas. Ein Loch, in das sie müde fallen wollte. »Das erzähl ich dir ein anderes Mal«, sagte sie. Sie konnte nicht mehr stehen, hinter ihr ein Gepäckstück. Ein Hartschalenkoffer. So saß sie auf dem Koffer eines fremden Passagiers, in der Schlange für den Flug, der ihren Freund von ihr wegbrachte.

Der Abschied. Sie sah die Menschen nicht und nicht die Anzeigentafeln.

Sie sah nur die Augen von Carl. Beide waren sie wie unter einer Glasglocke.

»Wir sehen uns in drei Wochen, Cabeludo«, sagte er.

»Ja.«

»Mach keine Dummheiten.«

»Okay.« Sie kannte diese Abschiede, aber dieser heute, unter der Glocke, war anders. Etwas schwang mit. Etwas ging verloren. Hatte das Leben auf der Rückseite eine Naht, und war diese Naht schlecht vernäht, konnte sie jederzeit reißen? Etwas tat mehr weh als sonst. Sie ging nicht mehr selbstverständlich davon aus, dass sie in drei Wochen bei ihm sein würde. Als er durch die Tür ging, lächelnd, winkend, zögernd, dachte sie: »Hoffentlich sehe ich ihn wieder.« Die Naht konnte reißen, das Flugzeug konnte abstürzen, und wenn er das nächste nahm, konnte auch das abstürzen. Alles konnte passieren.

*

Am Ende war der siebte Tag nur der Tag, an dem ihr Körper noch mal seine ganze Kraft gewaltsam bündelte, bevor ihm in der folgenden Nacht alles entglitt. Um zwei Uhr morgens rief Ana das Taxi. Es war dunkel, über dem Mond hing ein roter Schleier. Ich saß schon unten beim *Porteiro*, der über der »Kunst, verheiratet zu bleiben« an seinem Pult eingeschlafen war. Der Wagen kam, und ich schlüpfte hinein. Die Regentropfen klopften leise auf das Dach des Taxis, sie blieben einen Augenblick in ihrer einzelnen Gestalt an der Scheibe hängen, bis sie sich zu einem kleinen Rinnsal verbanden und davonflossen. Wir fuhren zum Krankenhaus. Ich erinnere nicht viel von dieser Fahrt, nur dass Ana sie im Arm hielt und dass jemand gerne ihre Hand gehalten hätte, wäre es ihm anatomisch möglich gewesen. Das blaue Leuchten des Copa D'or war schon vertraut. Dieses blaue Leuchten musste uns nun herausführen in etwas Helleres. Vorher würden wir nicht mehr weggehen.

Wir warteten auf einer Bank im langen Gang der Notaufnahme. Vereinzelt saßen noch ein paar Menschen auf Klappstühlen in einer Reihe. Durch das Fensterband unter der Decke warf ein Baum einen schwarzen Schatten, der riesenhaft zu uns herunterschaute. Am Empfang tippte eine Frau im Zehnfingersystem auf ihrem Computer herum. Ana sagte etwas, und als Carmen sie anschaute, zerfloss das Gesicht von Ana in der leeren, beigen Wand, vor der sie saß. Es blieben nur ein paar Lichtstreifen übrig. Carmen sagte, sie sehe Ana nicht mehr. Sie konnte Ana noch hören, sie konnte ihren Arm anfassen, aber sie sah sie nicht mehr, obwohl ihre Augen geöffnet waren. Ana hatte sich in Licht aufgelöst. Jemand trug sie auf seinem Arm, schlug mit seinem Fuß die Tür des Untersuchungszimmers auf, legte sie auf eine Bahre. Es gab kein Fenster. Das Neonlicht konnte nirgendwo entweichen, der Raum wurde heller und heller. Ana schrie die Ärztin an, deren Gesicht ich nicht erinnere, sie müsse etwas tun. Die Ärztin schrie zurück, das wisse sie selber. Es war eine Panik, wie sie aufkommt, wenn der Schlachter im Keller das Schwein zu fassen versucht. Man musste etwas schnell zu fassen kriegen. Nur was. Nur was. Der Blutdruck von Carmen war in die Tiefe gestürzt. Im selben Augenblick hatte auch ihre Angst zu stürzen begonnen, sie fühlte nichts mehr außer frischer Angst, die über ihre Schulter strömte. Zum ersten Mal dachte sie: Was ist, wenn ich sterbe. Einfach so. Jetzt. Hier.

Sterben kann man ja überall. Auch in Rio. Man stellt sich das nur nie vor. Gestorben waren immer die anderen. Man ging vom Friedhof nach Hause, und wieder war es jemand anderes gewesen. Schon so oft, dass man sich daran gewöhnen konnte, dass es die anderen waren. Manchmal, nach so einer Beerdigung, hatte sie nachts wach im Bett gelegen und sich vorgestellt, wie ihre Freundin jetzt, in der dunklen Nacht, mutterseelenallein, in ihrem Grab, in der kalten Erde lag und nicht mehr herauskonnte. Kein einziges Mal hatte sie sich vorgestellt, wie sie selbst in der kalten Erde liegt. Natürlich wusste sie, dass sie starb. Aber sie bezog das nie auf einen Augenblick.

Die Ungewissheit des Wann hatte ihr Leben getragen. Und nun, wie ein Schlag, ein Weckruf, verstand sie das Konkrete dieses Wann.

Jedes Jahr passiert ihr das Datum eures Todes. Es gibt dieses Datum schon. Den Tag, den Monat. Es gibt ihn schon. Man braucht nur noch die Jahreszahl einzusetzen. Wie oft habt ihr euren Todestag schon auf ein Blatt Papier geschrieben, als Kind bei einer Schulprüfung, auf einen Notizzettel? Wie oft habt ihr ihn gelesen, wie oft habt ihr ihn ausgesprochen? Nehmen wir an, es wäre ein 12. April, an dem einer von euch stirbt. Hat er an diesem 12. April, seinem Todestag, schon Sex gehabt, wie oft? Ist er betrunken oder krank gewesen? Ist er an seinem Todestag durch einen Fluss geschwommen, hat er im Sand gelegen, die Nacht durchgetanzt? Hat er an seinem Todestag jemanden Neues geküsst? Wie oft hat er sich selbst vergessen? Wie oft war sein Herz offen? Wie oft war er einfach nur da, am Leben? Welche Reihe ergibt sich schließlich aus diesen 12.-April-Tagen? Auf welche Art und Weise sind sie rückblickend miteinander verbunden? Das Geburtsdatum würfelt einen zufällig ins Leben hinein. Das Sterbedatum ergibt sich durch einen selbst. Zufällig oder nicht. Es ist der wichtigere Tag. Der dem Leben den großen Stempel aufdrückt, ihm eine Länge und Tiefe und Schönheit gibt, indem er es beendet.

* 04. 08. 1977 † __.__.____

Sie lag hinter einem hellen Vorhang. Dahinter war

wieder ein Vorhang, wo jemand notversorgt wurde. Dahinter wieder ein heller Vorhang. Die Nadel durchstach die zarte, gelbe Hautdecke, drang in ihre bläuliche Ader ein; die Flüssigkeit wanderte durch den Schlauch, tropfte in ihre Blutbahn. Zehn Liter hatte die Ärztin angeordnet, weil sie vollkommen ausgetrocknet war – zehn Liter Salzwasser, durch die offenen Türen ihrer Lunge. Ich atmete tief ein. Meine Beine hielten sich zitternd am Vorhang. Ihr schwacher Puls schien in meinem eigenen Körper zu schlagen. Sie murmelte Zahlen vor sich hin, 16, 4, 16, 4, 16, 4, 16, 4. Ana stand etwas abseits, sprach atemlos mit einer Freundin am Telefon. Es war von ihren Eltern die Rede, ob sie jetzt kommen mussten. Ich dachte an Carl, der im Flugzeug saß, um in die andere Richtung zu fliegen – der wohl gerade ein Hühnchen aus Zellophan rollte und von nichts wusste. Der sie vielleicht nie wiedersehen würde. Aber ich war noch da, ich konnte nicht mehr weg.

Ganz nah flog ich an sie heran, setzte mich auf ihre Nasenspitze, ohne dass sie Notiz davon nahm. Ihre Augen waren halb geschlossen, wie unter einer Plane kroch eine Träne hervor. Über die Braue lief eine senkrecht gestrichelte Narbe. Eine Pigmentfärbung auf ihrer Nase formte einen bräunlichen Stern. An einer winzigen trockenen Stelle blätterte die Haut ab, dahinter kam rötliche, frische zum Vorschein. Kein Gesicht glich dem anderen, jedes war bis in die kleinsten Pigmentierungen hinein verschieden. Wie konnte man da jemals annehmen, jemand könnte das Gleiche empfinden wie ein anderer, wenn doch schon sein Gesicht ein einzigartig lebendiges Gebilde war?

Auch meine Zeit lief jetzt schneller. Irgendwann würde es einfach vorbei sein. Mit einem Schlag. Ich hielt erstaunlich lange durch. Die wenigsten meiner Art gehen nach ein paar Wochen zugrunde, sie werden vorher schmerzlos zerstört. Aus dem Nichts ein Klatschen. Aus, vorbei. Noch lebe ich, und sie lebt. Dann sterbe ich, und sie lebt. Dann bin ich tot, und sie stirbt. Alles hat eine Richtung. Nur eine. Wie konnte man sich jemals von jemandem abwenden, wenn ohnehin alle in dieselbe Richtung gingen?

Ich habe alles versucht und nichts erreicht. Ich konnte alles denken und nichts tun. Das Irritierende an meinem Dasein war, dass ich so viel Unheil anzurichten vermochte und gleichzeitig so begrenzt war in meinen Möglichkeiten. Schwäche und Beschränktheit existieren in meinem Mückenleib neben Macht und Stärke. Das eine hob das andere nicht auf. Ich wurde benutzt wie sie, als Träger, als Spielball der Unersättlichkeit niederer Wesen – oder höherer Natur? Ein tödlicher Stich. Ob ich wollte oder nicht. Noch lebte sie, und ich war nur der Überbringer der bösen Nachricht.

Ist es nicht so, dass die Überbringer als Erste sterben?

In dieser Nacht fuhr sie ein Rettungswagen aus der Stadt, er donnerte die vielspurige Avenida das Américas entlang. Durch das Fenster erkannte sie die Giebel des roten Oswaldo-Cruz-Palastes. Palmenspitzen, die sich würdevoll herabsenkten. Stromkabel, die wild durcheinanderliefen und sich verknoteten. Den dunklen Himmel, über den ein paar Lichtwolken trieben. Alles voller Himmel, wie in den hoch gelegenen Dörfern ihrer Heimat. Es dämmerte schon, als sie im Hospital Salbino ankamen, unweit des internationalen Flughafens, von dem Carl abgeflogen war. Gezackte blaue Berge durch das Fenster über ihr.

Im Copa D'or war kein Bett mehr frei gewesen. Doch ein Testergebnis hatte man ihnen noch in einem weißen Umschlag überreicht: Dengue negativ. Nun war alles wieder ganz weit geworden. Die Wege unendlich, in die man sich verlaufen konnte. Eine Krankheit, die das Bild vieler Krankheiten vorspiegelt.

In Rio hatten die Ärzte wenig Erfahrung mit Malaria, im Studium ein Thema in Büchern, verschwand es danach vor ihren Augen, in ihren Gedanken. Rio war nicht der Amazonas. Es war wie mit der alten Frau, die im Dunkeln ihren Schlüssel unter dem Schein der Straßenlampe sucht. Ein Mann kommt des Weges, fragt sie: »Ganz sicher, dass Sie den Schlüssel genau hier verloren haben?« Und sie antwortet: »Nein, aber nur hier kann ich etwas sehen.« Anderen Ärzten kam das M-Wort vielleicht kurz in den Sinn, doch war ihnen der bürokratische Akt zu aufwendig. Die Krankenhäuser führten die Malaria-Tests nicht selbst durch, zwei Herren in weißen Overalls mussten dafür bestellt werden, sie kamen von einer staatlichen Behörde, die alle Fälle des Landes kontrollierte und statistisch festhielt.

Das Besondere am Urwald ist die manchmal grausame, aber natürliche Vernetzung. Alles greift ineinander. Stirbt ein Riese, reißt er alle mit in die Tiefe. Die Lianen, die ihn erdrücken, die Symbioten, die Tiere und Nester, die ihn bevölkern. Die Pilze und Bakterien am Boden warten schon, werden von ihm satt und ermöglichen das neue Wachstum. Alles hat eine Zwangsläufigkeit, eine Logik, die man in der Menschheit vergeblich suchte. In diesen Tagen griffen die Rädchen nicht mehr ineinander. Jedes Ereignis schien für sich zu stehen, jede Aussage eines Arztes war losgelöst von der eines anderen. »Wir werden herausfinden, was Sie haben«, versprach die Ärztin im Salbino-Krankenhaus. Eine Floskel zum Aufwärmen, die mit jeder ihrer Wiederholungen weiter abkühlte. Und doch blieb ihnen keine andere Wahl. Hier und jetzt nicht, nirgendwann und nirgendwo. Sie mussten weiter suchen, sie mussten mich finden. So wie mich der verrückte Engländer gefunden hatte.

*

Ronald Ross hatte ein Gesicht, das nicht zu seinem Gang passte. Sein Blick war fest entschlossen, aber er schlurfte, als wolle er seine Beine lieber zurücklassen. Er war groß und hager. Die Inder nannten ihn Geier.

Schreiend liefen sie vor ihm davon, wenn er versuchte, sie mit einer Nadel in den Finger zu stechen. Dabei wollte er nur ein paar Tropfen Blut. Wie ich. Er war zufällig dabei, das größte Rätsel der Menschheit zu lösen. Er war dabei, ganze Kontinente für euch zu öffnen. Er war dabei, trotz all seiner Unzulänglichkeit, Millionen von Menschen das Leben zu retten. Ross gab eurem Schwarm eine neue Richtung. Er fand den Kreis.

Ronald Ross wurde am Freitag, dem 13. Mai 1857, in Almora zu Fuße des Himalaya-Gebirges geboren. Sein Vater, Campbell Claye Grant Ross, war dort als General stationiert. Erste Kindheitserinnerungen: Ein Leopard, der auf der Veranda liegt. Die roten Blätter der Rhododendronbüsche. Zwei Träger neben einer Sänfte, in der sich sein Vater vor Fieber krümmt. Und davor? Was geschah davor? Diese Frage faszinierte Ross, noch in hohem Alter. Bevor die Erinnerung einsetzt, gibt es bei jedem von euch Menschen ein dunkles Loch, die tief empfundene Zeit der frühen Kindheit fällt unwiederbringlich hinein. Der Deckel schließt sich. Ross betrachtete ein Bild von sich. Ein Vierjähriger mit einem weißen Hasen auf dem Arm: Was dachte man, wovor fürchtete man sich? Wie fühlte sich das Fell des Hasen an? Biss einen der Hase? Man weiß nicht, was dieser Mensch erlebt hat. Man kennt ihn nicht. Man ist dieser Mensch, den man nicht kennt.

Ross fragte sich: Ist es möglich, dass man sein erstes Gedächtnis verliert, so wie einem die Milchzähne ausfallen?

Ist es möglich, dass die Gehirnzellen im Alter zwischen vier und fünf Jahren durch neue ausgetauscht werden?

Was geschah mit all diesem früh erworbenen Wissen? Wohin verschwand es?

Er war ein besonderer Mensch ohne besondere Begabung. Aber er interessierte sich für die Poesie, die im Rätsel des Lebens lag, für seine Schönheit. Und die konnte er überall finden. Sogar im Magen einer Mücke.

Der junge Ross wollte Schriftsteller sein, doch sein Vater erteilte ihm einen Befehl: Sohn, du wirst Militärarzt. Ross verbrachte einige Jahre bei der britischen Armee in Madras, Mysore, Burma, Bangalore, später in Secunderabad und Kalkutta. Vormittags kümmerte er sich etwas freudlos um seine Patienten, nachmittags spielte er Polo auf seinem burmesischen Pony, er malte die Flüsse und Berge, schrieb Fabeln und Gedichte bis tief in die Nacht, in seinem ersten Roman trifft ein Inselkind auf ein Monster. Ross lebte, als ob er lieber etwas anderes täte.

Natürlich versorgte er in Indien unzählige Malaria-Patienten. Natürlich hatte er von Laverans Tierchen gehört. Doch es gelang ihm nicht, sie unter dem Mikroskop zu sehen, und weil Ross auch ein Besserwisser war, tat er Laverans Entdeckung als Humbug ab. Bis zu einem Besuch in London, 1894, bei dem er den

Mediziner Patrick Manson kennenlernte. An einem regnerischen Nachmittag ließ Manson den jungen Ross durch sein Mikroskop schauen.

Da zuckte der Beweis vor seinem Auge. Frische Parasiten wimmelten in menschlichem Blut; und das, was so wunderbar lebendig war und vor ihm zappelte, das war der Tod. Wie kamen die Tierchen hinein? Wo war die Eingangspforte? Und vor allem: Wie konnten sie aus dem abgeschlossenen, menschlichen Röhrensystem wieder entweichen? Wer war der Reiter, der sie in der Dunkelheit mitnahm, zum nächsten Menschen?

Manson hatte einen Verdacht: ein Insekt. Schon bei der Elephantiasis hatte er festgestellt, dass die Erreger durch eine Mücke übertragen werden. Wieso konnte es bei der Malaria nicht genau so sein? Ross ließ sich von Mansons Enthusiasmus anstecken, er sollte die kühne Vermutung in Indien beweisen, er hatte etwas, was Manson fehlte: Malaria-Patienten. Nicht in der Luft sollte er die Tierchen suchen, nicht im Wasser, nicht im Menschen wie Laveran, sondern im Körper einer Mücke. Kein Mensch hatte das vor ihm getan. Eine wahnsinnige Idee, davon abgesehen, dass sie womöglich ein Hirngespinst war, hatte Ross keine Ahnung von Moskitos. Er sagte Ja.

Die Entschlüsselung des Malaria-Rätsels war damals, was die Mondlandung in den 1960ern war. Die Deutschen waren dran, die Russen, die Franzosen, die Italiener sowieso – und nun ein Engländer.

Die Katastrophe, die sich wenige Jahre zuvor, beim Bau des Panama-Kanals ereignet hatte, saß der Welt noch in den Knochen. Ferdinand de Lesseps, der Kanalbauer, ein französischer Diplomat, hatte von Malaria gewusst. Aber nichts von einem Insekt. De Lesseps wollte mit aller Macht einer Epidemie zuvorkommen. Noch bevor die Arbeiter in Panama anreisten, ließ er hochmoderne Krankenhäuser bauen. Mit blühenden, zauberhaften Gärten. In Colón hatten die Patienten Blick auf das Meer, und die tropische Luft wehte durch die offenen Räume. Ja, und die Füße ihrer Betten, die Füße der Betten standen in Wassertöpfen. Hübsche, kleine Wassertöpfe, um Ameisen und Spinnen am Hochklettern zu hindern. Darin brüteten wir.

Zweiundzwanzigtausend Menschen starben im Fieber. De Lesseps verlor Frau und Kind, die französische Regierung zerbrach nach dem Desaster. Die weißen Männer seien wie abgeschnittene Pflanzen in der Sonne gewelkt, so wurde es in der Welt berichtet.

Ronald Ross reiste auf einem Schiff über Gibraltar und Malta zurück nach Indien. Er fuhr an Schlössern, Ruinen und schneebedeckten Bergen vorbei, ungesehen, denn seine Augen klebten am Mikroskop. Auf dem Schiff hatte er Kakerlaken gefangen. Er tötete und sezierte sie, um deren Parasiten mit den Geißeln zu vergleichen. Ross besaß keine kalte Genialität, ihm fehlte fachliche Brillanz. Sein Wille brachte ihn auf den Weg. Auf diesem Weg benutzte er alles, was ihm in die Hände kam, um Licht in die dunkle Höhle zu bringen, in der ich saß.

In den Baracken, im Hospital von Secunderabad, schwirrten zwei unterschiedliche Arten von Mücken vor seiner Nase herum. Nur welche? Ross hatte in England kein wissenschaftliches Werk über Insekten auftreiben können (oder sich nicht richtig darum bemüht), er kannte weder den Bau der Moskitos noch ihre Stellung im Tierreich. Der spätere Nobelpreisträger nannte sie schlichtweg: geringelte und graue Moskitos. Später kam noch eine dritte Gruppe dazu: mit gefleckten Flügeln. Er fing ihre Larven, hielt sie in Gefäßen, bis aus den Puppen die fertigen Tiere krochen. Ross ließ sie an den Kranken saugen, schnitt sie anschließend fein säuberlich auf – und fand unter dem Mikroskop tatsächlich Halbmonde, Laverans Halbmonde. Es stimmte also! Die Tierchen reisten im menschlichen Blut in das Innere der Mücke. Die Halbmonde schwollen an, rundeten sich ab. Aus manchen dieser Halbmonde drangen Geißelfäden, die lebhaft zuckten. Im nächsten Augenblick rührten sie sich nicht mehr; und verschwanden. Wie durch ein Wunder. Was waren sie? Wohin gingen sie? Unmöglich war es, für einen Menschen zu erkennen, der durch ein miserables Mikroskop in den Magen einer Mücke blickte, wohin galaktisch winzigere Fäden ihrer Bestimmung folgten. Die Natur ordnete offenbar eine Verwandlung an. Wohin verschwindet das erste Gedächtnis des Menschen? Wohin verschwinden die Geißelfäden im Innern der Mücke? Manson ermutigte ihn. Die Natur erzeuge solche komplizierten Phänomene nicht umsonst.

»Folge dem Flagellum«, schrieb Manson seinem Schützling immer wieder. *Folge dem Flagellum.* Stumm hingen Ross' Augen an dem Mikroskop, dessen Schrauben von seinem Schweiß an Stirn und Händen rosteten.

Es war schon alles da, er musste es nur lesen.

Wie geduldig muss man sein, wie besessen, wie verliebt, wie zäh, wie grausam, um tausend Moskitomägen zu durchforsten?

Er tötete, aber tat ich das nicht auch? Hatte er nicht einen höheren Grund als niederen Hunger? Ross verlor sich im Detail. Er liebte das Detail. Die Zellen waren seine Himmelskörper. Viele seiner Artgenossen betrachteten die Dinge mit einem wissenschaftlichen Drang, sie waren auf der Suche nach einer erhellenden Wahrheit. Er nahm sich die Zeit, ihre Schönheit zu erforschen. Das Schöne war in allem zu finden, was man lange genug betrachtete. Das Schöne lag in der Hinwendung.

Mit offenem Mund saß Ross vor seinem Mikroskop. Drei Stunden lang verfolgten seine Augen einen einzelnen Geißelfaden, der andere Zellen attackierte, aber selbst verschont blieb. Im Juli 1895 schrieb Ross an seinen Lehrer Manson: »Als er dem letzten Phagozyten kräftige Rippenstöße erteilte, machte dieser schließlich kehrt und lief heulend davon. Ich kann es nicht beschwören, dass ich ihn heulen hörte, aber ich habe ihn heulen sehen.« Eine Novelle wolle er über diese Begegnung des Geißelfadens schreiben, im Stile von »Die drei Musketiere«.

Die Moskitos seien oft widerspenstig wie Esel, klagte der Engländer, weil sie nicht stachen, wenn er es wollte. Die Hitze blies ihm wie ein Backofen in sein Hirn. Seine Augen brannten wie das Feuer in der Hölle. Er wurde dünn und schwach wie Geierfraß. Nächtelang hatte er seine Hände am Mikroskop, konnte die Fliegen nicht wegschlagen, die um seinen Kopf schwirrten. Aber er machte weiter.

Zwei Jahre später kam der Tag, der als *Mosquito Day* in die Geschichte eingehen sollte. Immer wieder hatte Ross auch leere Mägen vorgefunden. Kein einziges Flagellum, dem er folgen konnte. Hatte er die falschen Mücken? Welche hatte er überhaupt? Wie viele Hunderte von Mückenarten gab es, allein in Indien? Eines Tages sah er in einem Rasthaus ein zartes Wesen, das seinen Leib von der Wand abstehen ließ und schwarze Flecken auf den Flügeln hatte. Das erste Mal, dass er eine von uns sah. Ohne zu wissen, wen er vor sich hatte.

Der 20. August 1897 war ein wolkiger, heißer Tag. Ein Gehilfe hatte Ross vor einigen Tagen eine Flasche mit Moskitos gebracht: braune, graue und neuerdings welche mit gefleckten Flügeln. Von acht mit Menschenblut vollgesogenen Moskitos waren nur noch zwei übrig. Im siebten Magen fand er auf einmal eine kugelförmige Zelle, darin: ein schwarzes Pigment. Spielte die Natur ihm wieder einen Streich? Am nächsten Morgen tötete und öffnete er das letzte Insekt, in fieberhafter Erregung: An seiner Magenwand fand er noch größere Kugelzellen, sie hatten einen Tag länger Zeit gehabt, sich zu entwickeln. In allen lag ein schwarzes Körnchen. Hier war etwas in eurem Blut zugange, das einem genauen Plan folgte. Mensch, Moskito und Malaria operierten zusammen. Das war der Beweis.

Nun musste das Puzzle zusammengesetzt werden: Im Laufe der nächsten Monate fand er heraus, dass die Geißelfäden die Samenfäden der männlichen Zellen waren. Sie wirbelten umher, näherten sich einer Mutterzelle – und verschwanden in ihr. Die kugelförmigen Zellen mit den schwarzen Punkten, das waren die befruchteten weiblichen Zellen. Sie bohrten sich in die Magenwand des Insekts und entwickelten sich darin fort. Diese kleinen, nichtsnutzigen Dämone hatten eine zweigeschlechtliche Fortpflanzung, wie die höchst entwickelten Wesen. Ross dichtete voller Freude:

Hab ich dich endlich, endlich gefunden,
Du, dessen Gifte Millionen verwunden.
Millionen von Menschen werde ich retten,
Leg ich dies kleine Ding an Ketten.

Doch der Kreis war noch nicht geschlossen. Was geschah mit den schwarzen Zellen, wohin wanderten sie? Der Engländer goss die Mücken in Formaldehyd und schickte das Kunstwerk nach London zu Manson. Der war schon lange überzeugt: Die Parasiten gelangen mit dem toten Insekt ins Wasser, der Mensch trinkt das giftige Gemisch und erkrankt. Ross war sich sicher, dass es zwei unterschiedliche Wege geben musste: einen hinaus und einen hinein. Er glaubte, dass die Parasiten durch die Ausscheidungen der Mücke in den Menschen gelangten; durch die Luft, durch die Erde? Doch die Natur ist nicht so dumm. Sie geht keine Risiken ein. Die Natur stellt sicher, dass der Parasit ohne Umwege ins Blut des Menschen schlüpft.

Der Engländer wurde nach Kalkutta versetzt. Dort wütete die Pest. Kein Mensch ließ sich von ihm in den Finger stechen. Sobald der weiße Mann mit der Nadel kam, befürchteten die Einheimischen, er wolle sie mit Pest impfen. Sie rannten vor Schreck in den Urwald. Vögel ließen sich leichter fangen als Menschen. Der Geier Ross behalf sich mit einer Krähe, zwei Tauben, vier Lerchen und sechs Sperlingen. Die Vogelmalaria ähnelte der Menschenmalaria. Er setzte die Tiere unter ein Moskitonetz; und ließ die Mücken ins Federgefängnis ausschwirren.

Trotz allerhöchster Konzentration, größter Anstrengung konnte Ross den schwarzen Zellen lange Zeit nicht zu ihrem Ziel folgen. Sie hingen an der

Magenwand, verwandelten sich zwei weitere Male aufs Phänomenale – und verschwanden. Die Natur verlangte wie immer einen Steinbruch voller Geduld. Sein Gehirn sei zu Matsch geworden, schrieb Ross an Manson. Stundenlang durchsuchte der Engländer jede einzelne Zelle. Seine Augen klappten müde nach unten. Eine Stimme, die direkt aus der Tiefe des Insekts zu kommen schien, flüsterte ihm zu: *Folge den Sporen, folge den Sporen*. Durch den Blutkreislauf des Moskitos schienen sie in seinem ganzen Körper verstreut zu werden. Ein weiteres Jahr verging.

Am 4. Juli 1898, endlich, konnte Ross mit seinen Augen den fadenförmigen Körpern bis zum Kopf der Mücke folgen. Immer mehr wurden es. Als strömten sie allesamt einem geheimnisvollen Zentrum zu. Sicher navigierten sie durch den Körper des fremden Wesens, zu dem Ort, an dem es für uns um Tod und Leben ging. An dem wir zu den Komplizen der Dämonen wurden. Ob wir wollten oder nicht.

Der Engländer riss den Kopf einer Mücke ab, und daraus flossen Körperchen. In einer Art Gang aus der Speicheldrüse wimmelten Hunderte in jeder einzelnen Zelle, und dieser Gang führte, wie sollte es anders sein, in die Spitze des Stechrüssels – an den äußersten Rand der Stichwaffe.

Ross hatte den Zyklus enthüllt. Ein einziger Mensch sah das Unvorstellbare. Im Jahr 2004, in einem Krankenhaus in Rio de Janeiro (in dessen Flur die Wände seit einiger Zeit oben beige und unten blau gestrichen waren, weil der Klinikchef sich in eine Schwester verliebt hatte, die eine Uniform aus beiger Bluse und blauem Rock trug), sahen so viele Menschen das Naheliegende nicht.

Ist es möglich, dass man Jahrtausende Zeit gehabt hat, zu schauen, nachzudenken und aufzuzeichnen, und dass man die Jahrtausende hat vergehen lassen wie eine Schulpause, in der man sein Butterbrot isst und einen Apfel?

Was war die Entdeckung des Engländers im Jahr 1897 wert, wenn ihr heute keine Verbindung dazu herstellt. Der Engländer ist tot. Ihr lebt.

Was war sie wert, wenn ich in einem winzigen Augenblick wieder über euch handeln kann, über euer Leben hinweg. Eure geordneten Felder, der geschnittene Rasen, die Alleen, die euch empfangen, sind rührend, weil sie euch ein Gefühl von Macht schenken; und nichts bedeuten. Kaum erhebt sich etwas aus der winzigsten Einheit der Natur, fallt ihr um. Idiotische Menschlein, die Natur nimmt nicht an euch teil, sie wird es niemals tun. Ihr steht nicht außerhalb des Zyklus. Ihr seid mitten in ihm.

8. Tag

Mit der Nacht im Rücken waren sie im Viertel Olaria, in der Rua Catete, in der vor jedem Haus auf dem Fensterbrett eine Marienstatue steht, im Hospital Salbino angekommen. Ein kleiner Raum. Jemand legte Carmen auf eine Pritsche in die Ecke, ging wieder. Kaltes Leder, weißes Licht, helle Kacheln, der Geruch von Desinfektionsmittel. Ein Friede, den es nur im Gewahrwerden der eigenen Zerbrechlichkeit gab. Sie wusste, dass das, was sie war, hier lag. Ein Atem, der nur durch sie floss. Ein Herz, das nur für sie schlug. Mehr war es nicht. Nichts war mehr zwischen ihr und dem Leben.

Eine Milchglasscheibe, links von ihr, erst nach einigen Minuten erkannte sie Ana dahinter, schemenhaft, wie sie mit einem Mann in Weiß redete. Dunkles Gemurmel, als würden sie in eine Büchse sprechen. Da begriff sie, dass sie wieder am Anfang standen. Dass sie nichts wussten. Wo hatte sie nicht aufgepasst? Was war im Wald, was war mit dem Frosch? Was hat sie gegessen, was getrunken? Hat sie etwas gestochen, hat sie ein Tier gebissen? Sie hatte doch nichts bemerkt. Nichts. Sie musste Carl fragen.

Carl war weg.

Aber sie war jetzt in einem Krankenhaus. In einem Krankenhaus hilft einem ein Arzt mit einer Tablette, einer Spritze, einem silbernen Instrument. Nur deshalb gab es Krankenhäuser. Hier mussten sie es finden.

Im Geiste sah sie sich über die hohen Dörfer der Kindheit, die fast nur aus Himmel bestanden, vom Flughafen nach Hause fahren. Sie sah, wie sie Carl umarmte, und in ihrem Bauch zog und spannte die entzündete Sehne. Wie lange lag sie da? Eine halbe Stunde, eine Stunde? Ana, verschwommen hinter der Scheibe, wild gestikulierend. Waren die Stimmen dunkler, lauter, die Büchsen größer geworden? Sie schaute nach rechts, ein Metalltisch stand in der Mitte des Raums. Sie hatte ihn gar nicht bemerkt. Wozu der Metalltisch? Er erinnerte sie an eine Tierarztpraxis. Und auf einmal, wie eine neue Lösung, die sie noch gar nicht bedacht hatten, wie etwas, das man tun konnte, kam es ihr in den Sinn: Vielleicht besprechen sie gerade, ob sie mich einschläfern. Ja, das wäre möglich. Die Frage ist, ob das jetzt gleich passieren würde. Sie schieben sie in die Mitte des Raums, heben sie auf den Metalltisch. Eine Spritze. Das wars. Es wäre das Einfachste. Für alle. Niemand müsste mehr eine offensichtlich unvorstellbare Krankheit finden. Niemand eine Diagnose aufstellen. Es wäre endlich vorbei. Sie spürte jetzt diesen Wunsch. Vorbei. Sie hörte die Stimme des Tierarztes:

»Es tut mir sehr leid. Aber wir ersparen ihr damit viele Schmerzen. Es ist wirklich das Beste für sie.«

»Wird es schnell gehen? Wird sie leiden?«, Anas Stimme.

»Natürlich nicht. Sie schläft einfach ein. Sie dürfen dabei sein, wenn Sie möchten.«

Carmen hört ihre Schritte, hört sie näher kommen. Die Schwingtür fliegt auf. Der Arzt tritt ein, mit ernster Miene. Ana steht ein bisschen hinter ihm, hält sich einen Finger mit der Hand. Beide schauen sie an. Sie will etwas sagen. Etwas wie: »Ich bin einverstanden.« Ihr Atem geht ruhig. Sie öffnet ihren Mund. Kein Wort formt er. Nur ein leises Seufzen. Ein paar Schritte noch, dann sind sie bei ihr, rollen sie von der Pritsche. Dann schieben sie Carmen, deren Lider langsam gelb wurden, auf Zimmer Nr. 284.

*

Das Zimmer roch noch nach dem Schweiß des Anderen. Ein Raum, aus dem man sofort wieder heraus möchte, so klein, so angefüllt mit Krankheit ist er.

Wie hätte ich jetzt noch gehen können? Wie ein Kind, das zuerst Sturm klingelt – und dann wegläuft. Wir müssen die Geißeln verstoßen, zurück in die Gewässer, zu Algen sollen sie wieder schrumpfen. Aus unserem Magen, unserer Leber, unserer Milz müssen wir sie für immer verbannen. So dachte ich. Längst ging es nicht mehr um die Geißeln.

Carmen lag nah am Fenster. Ein riesiger Baum stand davor. Äste, Blätter wogten hin und her. Immer wieder flog ich zu ihr, sah ihre Augen. Die feinporige Haut, die sie einfassten, geriffelt wie ein Blatt, das trübe Weiß, die Kreole um den dunklen Kreis der Pupille, das Zucken der Pupille, das Zucken, bevor die Träne fällt. In einem gestärkten, weißen Hemd hatte sie ihre neue Nationalität angenommen: Patientin.

Schwestern stellten ein Tablett auf ihr Wägelchen, sie rührte nichts an, Schwestern trugen es wieder weg. Als wäre es genau so vorgesehen. Als wären sie in der Wiederholung gut aufgehoben.

Pfleger kamen nachts herein, maßen ihren Puls, den Blutdruck, die Temperatur. Gesichter näherten sich ihrem Gesicht, verschwommen, bewegten die Lippen. Sie versuchte ihre Zukunft an ihnen abzulesen. Wässrige Augen, das Pumpen im Hals, einmal sah sie ein großes Froschgesicht, das zu ihr sprach.

Aus dem Dunkel des CT-Raums erhoben sich Apparate wie riesige Tiere.

Jedes Blutabnehmen, jeder Handschuh, jeder Sprühnebel des Desinfektionsmittels, jedes Mundaufmachen, jede Infusion, jedes Röhrchen sagte: Es wird schon gut. Du bist in Sicherheit.

Das Buch »Oblomow«, das Carl ihr geschenkt hatte, lag links von ihrer Brust auf dem Bett. Es markierte die Grenze. Dort die Welt, hier ich. Auf der ersten Seite stand geschrieben: »Für meine Reisegefährtin«.

Das Wägelchen neben ihrem Bett. Ihr Handy, ein Stift, ein Foto von Carl und ihr lagen darauf – in einer zufälligen, aber unantastbaren Ordnung. Diese Ordnung war das, was ihr blieb, das, worüber sie noch bestimmen konnte.

Langsames Einrichten, Abstecken. Neues Zuversichtfassen.

Nach Hause, nach Hause. Warum nach Hause, wo sie schon längst nicht mehr dort wohnte? War das Zuhause einfach nur Ziel wie die Diagnose, der Punkt in der Ferne? In den bewusstseinsklaren Augenblicken erschien ihr das Zuhause künstlich und unerreichbar. Die Zuhausebilder in den Augenblicken des Übergangs zu den Träumen, wenn alles im Schwinden oder Entstehen ist, waren fassbar und nah.

Sie ist ein Kind, die Familie sitzt im Wohnzimmer, der Feuerofen brennt, der Fernseher läuft, eine Fototapete mit Tannenwald, sie sitzen auf dem roten Samtsofa, im Schaukelstuhl. Draußen schneit es in dicken Flocken. Durch das dünne Fensterglas zieht der Wind herein. Der Vater sagt: »Wir laufen jetzt barfuß durch den Schnee.« »Nein, ich will nicht.« Alle drei Kinder wollen nicht, die Mutter will nicht, die Oma, der Opa will nicht. Er sagt, doch das machen wir jetzt. »Los, raus.« Er reißt die Balkontür auf. Alle zieren sich. Es ist so kalt, dann ziehen sie doch ihre Socken aus, vorsichtig. Der fallende Schnee macht alles leise, es sticht, als die Füße kurz den Steinboden der Terrasse berühren. »Und jetzt los«, ruft der Vater, und alle rennen, rennen, ohne zu denken. Durch den hohen Schnee, der knirscht und zischt, die warme Haut, das warme Blut unter Schock von so viel Kälte, sie rennen durch den Garten und schreien und wieder zurück, es ist heiß und es gefriert, und der Vater steht als Erster wieder auf der Terrasse mit lautem Lachen, empfängt sie, einer nach dem anderen, mit einem Klaps auf die Schulter, »tut das nicht gut, hab ich's euch nicht gesagt?« Sie laufen ins warme Wohnzimmer, der Kamin brennt und der Kopf glüht und die Füße sind rot und das Blut rauscht und es kitzelt und es brennt. Und sie sind alle am Leben.

Waren Ana und ich nicht die Einzigen, die noch übrig blieben? Ich, die Einzige, die Tag und Nacht so nah bei ihr war? Die Ärzte hatten den Fächer der Tropenkrankheiten aufgespannt. Es könnten Infektionen sein, von denen sie noch nie etwas gehört hätte, sagten sie. Dengue, Typhus, Gelbfieber seien jeweils nur die Spitze eines virulenten Eisbergs. Jede Zelle müsste untersucht werden. »Aber keine Sorge, wir finden heraus, was Sie haben.«

Es gibt Befunde, die erschlagen einen. »Sie haben Krebs.« Als würde einen jemand zu Boden stoßen, auf den Kopf eintreten. Andere Befunde schleichen sich an wie eine Natter, sie lassen einen im Vagen, Ungewissen. Es könnte dies sein, es könnte auch jenes sein. Sie beruhigen, indem sie verunsichern. Und beides, das war das Verrückte, war vom Urteilsvermögen des Arztes abhängig.

Am Nachmittag ging die Tür auf. Sie lag in ihrem Bett, das Kopfteil angewinkelt, wusste, dass es jede Minute beginnt. Wie alle vier Stunden, seit acht Tagen. Gegenüber auf dem Balkon fütterte ein Junge einen Kolibri. Grausame Vögel. Sie fressen mit gespaltener Zunge.

Sohlen quietschten, als sie hereinkamen. Es war nicht das schnelle Quietschen der Ärzte- und Schwesternsohlen. Wer war das? Zwei Kollegen. Woher wussten sie? Sie freute sich, und sie freute sich nicht. Weil es gleich anfing.

Die beiden arbeiteten in dem Architekturbüro an der Copacabana, der Erker im 10. Stock. Das Mädchen mit den braunen, langen Haaren hatte ihr am ersten Arbeitstag eine *Goiaba* mitgebracht. Und dann beinahe jeden Tag eine andere Frucht. Früchte, von denen sie noch nie etwas gehört hatte. Der Kollege sah aus wie die brasilianische Version von Louis de Funès. Sie stellten Blumen und eine *Cupuaçu* auf ihr

Wägelchen. Das Mädchen schlang die Arme um seine Brust. Drei Schritte rückwärts von ihr weg, der Besucherabstand.

Die anderen waren wie hinter Glas. Manche blieben bei ihrer Angst. Manche waren bei ihr. Sie merkte das gleich. Alles ging direkt in sie hinein, jede Geste, jeder Blick, jede Nervosität, jedes Ruhe-Bewahren. Tief unter den Krämpfen, dem Fieber, unter all dem, was nicht mehr steuerbar war, war das, was blieb, das reine Empfinden. Wie ein Neugeborenes, das schreit und weint und lächelt und ruhig wird, nur aus Empfinden besteht. Es nimmt nur das Wesentliche wahr. Sie sah es in den Augen derer, die kamen, in ihren Blicken. Angst macht die Glasscheibe dick. Mitleid macht die Glasscheibe dick. Wahres Mitempfinden, bei ihr sein, durchbricht die Glasscheibe.

Sie zieht die Decke bis unters Kinn. Lächeln, ein leises Danke. In ihrem Inneren gefriert der See. Glas bleibt zwischen ihnen. Unter der Decke steckt sie vorsichtig, unbemerkt, die Zehen unter die Metallstange am Ende des Bettes, zieht sie fest zu sich heran. Sie betet: Bitte geht doch jetzt. Ob sie Schmerzen habe, fragt der Kollege. Das Mädchen schaut zu Boden. Carmen schüttelt den Kopf, um nichts sagen zu müssen. Die vertraute Kälte steigt durch Organe, Knochen, Sehnen nach oben. Als gäbe es eine innere Quelle dafür.

Die Kollegen erzählen Klatsch aus dem Büro. Ihre Zehen winden sich noch fester um die Metallstange.

Noch haben sie nichts bemerkt. Noch ist Zeit zu gehen. Klirrende Winternacht in ihrem Herzen. Kälte in ihrer reinsten Form: der Unausweichlichkeit. Louis de Funès fragt, ob er ihr etwas bringen kann. Sie presst den Mund zusammen, er wehrt sich, mit aller Gewalt, bis er endlich mit den Zähnen klappern darf. Ihre Beine, ihre Arme, ihr Oberkörper zappeln. Wie fremde Gebeine.

Die Kollegen verharren eine Sekundenewigkeit lang. Starren sie an, gehen nicht. Mit beiden Händen ergreift Carmen die Metallstangen neben ihrem Bett, drückt dagegen, bis ihre Fingerknöchel schneeweiß werden. Es hilft nichts, die Bettdecke fliegt weg. Sie will lachen, doch ihre Zähne rattern wie ein Maschinengewehr. Es ist nicht die Hoffnung, die zuletzt stirbt. Es ist die Scham. Der Junge, der aussieht wie Louis de Funès, hebt die Decke vom Boden auf, und hält sie, fast schützend, vor seinen Bauch.

9. Tag

Die binomischen Formeln der Ärzte:

1. »Wir werden herausfinden, was Sie haben.«
2. »Noch etwas Geduld.«
3. »Jetzt warten wir ab, was uns die Untersuchung sagt.«

Als wäre »die Untersuchung« der geheime Gral, den man nur zu fragen brauchte, und er würde alles verraten.

Röhrchenschwenken, ganz zuversichtlich.

Die Gleichförmigkeit der Tage. Die Illusion von Zeithaben. Das Zurschaustellen von Kompetenz. Formulare, Listen, Werte, aber kein Ohr, das auf ihrem Bauch lag und horchte. Kein Tropfen Blut unter dem Glas. Das Visitenkarussell. Jeder Arzt sah im Augenblick des Vorbeifahrens ihren schlechten Zustand, keiner den Verlauf. Jeder saß im weißen Kittel auf einem der Tiere des Karussells und fuhr. Es lief auf nichts zu, es lief nur im Kreis.

Fünf DIN-A-4-Seiten füllte die Liste der Untersuchungen, nur die richtige, der Pieks in den Finger, der Tropfen unter der Scheibe, der fehlte.

Wenn man im Krankenhaus eine Münze in den Kaffeeautomaten warf, kein Kaffee herauskam und man seine Münze zurückhaben wollte, musste man ein Formular ausfüllen, damit jemand gerufen wurde, der den Automaten aufschloss. Wie viele Formulare waren wohl nötig, um die Männer im weißen Overall von der Malaria-Behörde aus der Stadt zu rufen? Für einen Tropfen Blut.

In Afrika gibt es eine Regel: Es ist so lange Malaria, bis alles andere ausgeschlossen ist. Weil die Symptome mannigfaltig sein konnten. In Brasilien gibt es diese Regel nicht. In Rio gab es irgendwann eine Lehrbroschüre für Ärzte, darauf stand: »Fieber? Vorsicht, es könnte Malaria sein!«

Ihr Körper ist doch überschaubar. Er ist durchsichtig. Es ist doch nicht zu viel verlangt. Augen, in die man leuchten kann. Haut, die gelb wird. Organe, die man von außen greifen könnte, so groß waren sie. Was braucht ihr denn noch?

Eine der Schwestern war so schön, als käme sie aus einem Land, in dem sonst niemand wohnte. Sie nannte Carmen »Gringa«, weil sie nicht wusste, wie sie das »arme kleine Ding, das zum Fürchten aussah«, sonst nennen sollte. Als Carmen am frühen Morgen, es war noch dunkel, zu einer Untersuchung geweckt wurde, man sie auf eine Trage legte und davonrollte, drückte ihr die Schwester im Vorbeifahren einen Kuss auf die Wange.

Irgendwann sagte jemand »Gelbfieber«. »Es könnte Gelbfieber sein.« Es könnte sein, dass ihr zu dumm seid! Seht ihr denn nicht? Wacht auf.

Sie wartete und wartete. Sich selbst immer wieder Geduld verordnend. Sie war ja nicht in einer Eishöhle auf dem Mount Everest gefangen, sie war nicht in eine Felsspalte gefallen, ohne Handyempfang. Sie war in einem Krankenhaus.

Alles wird gut. Das war die Angst, die sie beruhigte. In die Angst konnte man sich einwickeln wie in eine Decke, aber sie würde einen nie wärmen.

Sie war müde, wollte schlafen, aber kaum schloss sie die Augen, quälten die Bilder sie.

Die Galeeren kamen. Sie wusste nicht, warum, aber sie rechnete die Teddybären einer diffusen guten Seite zu, sie gehörten zu irgendetwas, das auf ihrer Seite war. Das gegen die bösen Bilder, die Fratzen, die Soldaten vorging.

Etwas blieb.

Lange wusste sie nicht, was das war. Wer, der sich zwischen Bilderflut und Schlägen, kurz bevor der

Kopf in Stücke brach, noch eine Stimme verschaffte? Der betete: Bitte, lieber Gott, lass mich ins Koma fallen. Lass es endlich aufhören. Bitte. Lass mich ins Koma fallen.

Manchmal spürte sie ihr Gewicht nicht auf dem Bett. Sie hatte kein Gewicht mehr. Drei Trauben wogen mehr. Wovon ist die Rede, wenn von einem *vernichtenden* Krankheitsgefühl die Rede ist? Wer vernichtet? Was wird vernichtet? Knochen, Neuronen, Organe, Seele? Im Grunde wusste sie nichts. Sie lag da mit ihrer schwarzen Leber unter dem schwarzen Saturn und wusste nichts.

Malaria macht traurig, sie vernichtet durch Schwäche. Wenn Menschen in Afrika gleichgültig am Straßenrand sitzen, als drücke sie ein Lehmsack nieder, sagen die vorübergehenden Fremden: Sie strengen sich nicht an, sie haben aufgegeben. Dass es die Melancholie ist, in die einen die Malaria hüllt, das wissen sie nicht.

Der Sitz dieser Schwermut ist die Milz. Die aufgeblähte, durch die zerborstene Blutkörperchen driften. Die Milz, *the spleen.*

Mit einer großen Milz kamen die Offiziere, die Weltenbummler aus den Kolonien zurück. Mit sich und der Welt zerfallen. Ihrem seltsamen Zustand gab man den Namen »Spleen«. Dabei war es oft die Malaria, die ihnen den Kopf zerschmetterte. Mit bleichen Gesichtern liefen sie durch die Straßen, die Augen weit und leer. Künstler ahmten ihren Weltschmerz nach. Sie wandelten die kranke Milz in Kultur. Alles wandelt ihr in Kultur.

In diesem Sinne waren es Malaria-Worte, die Baudelaire schrieb. Die Geißeln hatten sie ihm geflüstert, und sie flüstern sie noch heute:

Und manchmal ist's, als strömt mein Blut von hinnen,
Wie eine Quelle hör' ich's schluchzend rinnen,
Allein ich hör' das lange Murmeln nur
Und tast' vergebens nach der Wunde Spur.

Niemand hörte es. Niemand fand ihrer Wunde Spur.

Ich schwirrte um das Fenster. Was sollte ich tun? Was war das für eine gottverlorene Situation? War die Hoffnung eine Entscheidung? Dass die Dämonen sterben mussten, nicht sie. Die Hoffnung ist das Einzige, das immer wieder neu beginnt. Schon allein im Wort Hoffnung liegt Hoffnung. Immer wieder. Ohne jemals zu wissen, was das überhaupt sein soll. Hoffnung. Draußen in der Vier Uhr Sonne saß ein Arzt, trank eine Tasse Kaffee. Ich flog zu ihm. Sah, wie eine Mücke, der Engländer würde sagen, »eine Graue«, ihn dabei störte. Sie schwirrte ihm vor der Nase, schwer mit Blut beladen. Der Mann erschlug sie, im selben Augenblick, in dem er sie wahrnahm, bevor er einen Gedanken fassen konnte. Als letztes Stück Leben bewegte sie ihre Beinchen, klappte sie nach innen, klappte sie zurück nach außen, streckte sie senkrecht von sich, als wollte sie einen letzten Fluchtversuch unternehmen. War das nichts? War das keine Empfindung? Das Insekt klebte auf der Innenfläche seiner linken Hand. Ein grauer, staubiger Fleck fand sich auch auf seiner rechten, aber das Gros des Körpers war auf der linken. Dunkle Masse, Gedärme fein säuberlich neben den Gliedern. Panisch wischte der Mann das Tier von der Hand, das an seinem eigenen Blut gut klebte. Er war so entsetzt von der Konsistenz des Körpes, wie er auf seinem eigenen haftete, dass er das Insekt, in seiner Hast, es loszuwerden, geradewegs in den Kaffee bugsierte. Darüber wiederum war er so bestürzt, dass er das mit Kaffee getränkte Tier am Torso packte und weit von sich schleuderte. Beim Herausziehen lösten sich zwei oder drei Beine, sie schwammen in der braunen Brühe davon, als handle es sich um Flöße auf einem Strom; sie sanken für immer auf seinen Grund. Voller Abscheu schob der Herr den Kaffee von sich.

Wieso wir euch selbst, wenn wir tot sind, noch so außer Fassung bringen können, das wisst nur ihr.

Sonst bringt euch doch so wenig außer Fassung. Diese Menschen tragen weiße Kittel, sie benehmen sich wie Ärzte. Aber waren sie wirklich welche? Sie waren Maschinen. Ihr Blick war ein serieller Blick. Etwas wird nur erkannt, indem man es wiedererkennt. Wenn einer sagte »Es ist Gelbfieber«, vielleicht war es dann mal Gelbfieber. Vielleicht könnte es dann wieder Gelbfieber sein. Die Krankheit spricht in ihrer

Sprache. Es ist eine unmittelbare Sprache, in der die Dinge noch keine Bedeutung haben. Sie ist reine Erfahrung. Die weißen Kittel versuchen, einzelne Wörter dieser Sprache zu verstehen. Die Buchstaben: das hohe Fieber, der Kopfschmerz, die Anämie, die Blutungen, die Werte, die Bilder, das fahle, gelbliche Gesicht, die verklammerten Hände. Sie bilden Wörter aus den Buchstaben. Wörter, die sie kennen. Wörter sind nicht die Sprache.

Nur einer der Ärzte war ein kleiner Lichtblick. Ich nannte ihn Giovanni, weil er mit seinen buschigen Augenbrauen, der braunen Haut, seiner kleinen Statur wie ein Italiener aussah. Es war zu früh zum Aufgeben. Wir brauchten einen Verbündeten. Einer, der uns einen Feind schenkte. Und die Italiener und die Malaria, das war eine uralte Verbindung. Das war die Geschichte, die mich umzingelte.

*

Der blumige Engländer hatte uns gefunden. Aber was genau hatte er gefunden? Eine graue Mücke mit gefleckten Flügeln; durch deren Stichwaffe die Dämonen in einen Sperling schlüpften. Er kannte unseren Namen nicht. Wusste nicht, ob sich der Kreis, der sich in einem Vogel schloss, auch in einem Menschen schließen würde. Mit diesem Nicht-Wissen reiste er ab. Ross kehrte nach London zurück. Beleidigt, weil die indischen Behörden ihm die Gelder für weitere

Forschungen versagt hatten. Erschöpft, kränkelnd, froschblütig von den vielen Stunden vorm Mikroskop. Und dann diese Hitze, unerträglich. Sir Ronald Ross hatte den richtigen Schlüssel in die Tür gesteckt und war zu faul, ihn umzudrehen. Würde am Ende doch ein Italiener den letzten Stich machen? Die Menschen schlugen die Hände über dem Kopf zusammen, als im Juli 1898 die Nachricht von Ross' Entdeckung die Stadt Rom erreichte. Sie konnten es nicht fassen: zuerst ein Franzose, nun ein Engländer. Noch so ein Amateur, der das Feld bestellte, obwohl die Malaria den Italienern gehörte. Hier trieb sie ihr Unwesen, hier waren die berühmtesten Forscher der Welt hinter ihr her.

Einer von ihnen war Giovanni Battista Grassi. Ein feiner Herr, mit einem verträumten Blick, der alle zu täuschen vermochte. Grassi wurde 1854 am Comer See geboren, wo sich die Alpen sentimental vor rosafarbenen Villen erheben. In seiner Kindheit streifte er im Frühnebel durch die Bergwälder am See, sammelte Pilze und Käfer mit behaarten Beinen. Als kleiner Junge wollte er Biologe werden. Aber – Schicksal? – Grassi musste wie Laveran und Ross auf Wunsch seines Vaters zuerst Medizin studieren. Später wurde er einer der berühmtesten Zoologen der Welt. Malaria untersuchte er an Eulen, Schweinen und Spatzen, und er beschrieb die Verbreitung der Mücken in Italien. Mindestens fünfzig Arten gab es, aber nicht alle kamen als Überbringer in Frage.

Grassis sanfte Augen hinter den runden Brillengläsern trogen. Er war ein kühler Egozentriker, verliebt in den Erfolg, er war ein wichtiger Zoologe, kannte die Eigenheiten einer Gattung, und während in Indien jemand mit Bezeichnungen wie »geringelte« und »gefleckte« Moskitos hantierte, verfügte Grassi durchaus über Fachjargon. Auf drei Verdächtige grenzte er das Feld ein: Zwei Culex-Arten und eine Anopheles claviger. Im Gegensatz zu Ross in Indien war Grassi in der Via de Pretis in Rom mit viel Geld, einem modernen Labor und einem Forscherteam verwöhnt. Malaria war Staatsangelegenheit. Den Franzosen und Engländern ging es vor allem um ihre Kolonien. Den Italienern ging es um das blanke Überleben. Grassi ging es um den Ruhm.

Als Ross ihm mit seinem spektakulären Alleingang zuvorkam, ging in Italien auf einmal alles ganz schnell. Noch im selben Monat, im Juli 1898, fuhr Grassi in Landkutschen durch die Campagna, von einem Malariapfuhl zum nächsten, mit Notizbuch und Reagenzgläsern bewaffnet. Er wanderte durch die Sümpfe, horchte auf ein bestimmtes Summen, stülpte Gläser über die Verdächtigen, sobald sie sich niederließen. In den Bauernhöfen besuchte er Fieberkranke, fahndete auch dort, unter den Betten, in Schränken, Mistkübeln, selbst hinter den Heiligenbildchen, nach uns. In Rom ließ er seine Gefangenen an einem Menschen saugen – und der lag bald darauf im Fieber.

Im November präsentierte Dr. Grassi seine Untersuchungen. Er hatte den Weg des Parasiten durch Mensch und Mücke verfolgt und bewiesen, dass Malaria nur durch eine Moskitoart übertragen wird: Anopheles. (Warum haben sich die Dämonen bloß uns ausgesucht?) In seinem Bericht zitierte der Italiener den Engländer ganz klein, am Ende. Man brauchte eine Lupe, um seinen Namen zu sehen. Einen Monat später, im größeren, prominenten Bericht, ist Ross' Name nicht mal mehr mit einem Mikroskop zu finden. Grassi war eine kleine Ratte, er sprang auf den fahrenden Zug auf. Das Einfachste für ihn war es, Ross zu ignorieren. Der Engländer konnte ja noch nicht mal zwei Moskitos voneinander unterscheiden.

Ross war außer sich vor Wut. Grassi sei nur durch seine Beschreibung einer »grauen Mücke mit gefleckten Flügeln« darauf gekommen, dass es sich um Anopheles handelt. Dieser Italiener habe zudem seine Versuchsanordnung einfach kopiert.

Es war auch der Kampf zweier Denkmodelle: Ross stand für Intuition und Hingabe, Grassi für kühle Systematik und Perfektion. Am Ende ging es beiden um das Gleiche: wer seine Flagge als Erster in den Malariamond steckte.

Der Streit fand seinen Höhepunkt im Jahre 1902, als Ronald Ross den Nobelpreis erhielt. Kurz davor war noch die Rede davon gewesen, ob sich die beiden den Preis teilen sollten. Doch am Ende fuhr der Engländer alleine nach Stockholm.

Der Zyklus war enthüllt. Der Überträger war enthüllt. Die Welt konnte für immer verändert werden. Die Welt der Menschen, die Welt der Mücken. Wir Anopheles waren fortan auf ewig mit der Malaria verbunden. Wenn mich Dr. Giovanni im Hospital Salbino sieht, mich erkennt, dann sieht er Malaria. Nichts anderes als Malaria. Ich bin das Wort. Bald würde er es lesen.

10. Tag

Nach einer Untersuchung in dem Raum mit den großen Tieren schoben sie zwei Hände durch den neonhellen Flur – die Hände stellten sie im Rollstuhl neben einer Glastür ab. Ein Vorraum. Links von ihr ein Empfang. Eine Schwester mit Häubchen, die den Maschinenpark bewachte, die nur zur Hälfte lächelte. Nur ihr Mund lächelte, ihre Augen traf keine Wärme. »Ein Pfleger aus Ihrem Stockwerk kommt gleich, er bringt Sie auf Ihr Zimmer«, sagte sie.

Das Gesicht von Carmen weiß, das Blut darin zerstört. Ihre innere Uhr sagte, dass bald das Zittern beginnt. Ein Rollstuhl hat keinen Gurt. Er braucht keinen. Wenn es anfängt, falle ich aus dem Stuhl, knalle gegen die Glastür oder auf den Boden – nur daran konnte sie denken. Wie sie auf dem Linoleumboden hin- und herschlägt, ein Fisch auf dem Trockenen.

In dem Raum saß ein Mann mit einer Hornbrille und einem kahlen Kopf. Eine ältere Dame, die atmete, als würde sie in ein Mikrophon pusten. Eine Vierzigjährige mit einem Umschlag in der Hand. Ein Mann, der solch starke Schlupflider hatte, dass seine Augen es aufgegeben hatten, um Platz zu feilschen.

Wie sollte sie jemals in ihr Zimmer im zweiten Stock kommen, wenn sie zu schwach war, die Räder einen Millimeter zu bewegen, wenn es Vorschrift war, dass jemand sie fuhr, es Vorschrift war, dass jemand den Knopf mit der Zwei im Fahrstuhl für sie drückte?

Ihre ganze Kraft nahm sie zusammen für die Frau mit dem Häubchen.

»Ich möchte auf mein Zimmer.«

»Der Pfleger fährt sie.«

»Ich muss aber bitte sofort auf mein Zimmer, der …«, dem letzten Wort folgte ein Rülpser.

Die Schwester nahm unbeeindruckt die Unterlagen der Vierzigjährigen entgegen.

Man kann jede Arbeit kreativ und damit frei tun. Ob man Steine schleppt oder Akten ordnet. Man kann es immer auf seine eigene Art machen. Oder man verschwindet in der Schablone, in der Vorlage, im Amt; und ist selbst nicht mehr sichtbar.

Carmen holte tief Luft. »Dann fahre ich alleine«, in ihren Augen blitzte es.

»Das dürfen Sie nicht«, ein kühler Blick der Empfangsdame, die sich wieder den Unterlagen zuwandte. Die Vierzigjährige sah Carmen an, als wollte sie sagen: Was ist bloß mit Ihnen los? Wieso können Sie nicht kurz warten?

Auch der Kahlköpfige wandte sich ihr zu, zwei Augen schoben die Schlupflider nach oben. Es war, als säße sie mit ihrem Rollstuhl auf einem Holzpodest, inmitten einer riesigen Wiese, und alle starrten sie an. Niemand tat etwas.

Sie hob den Kopf, schluckte. Da war ein Schatten. Durch das Glas hindurch sah sie eine Gestalt. Braun. Hellbraun. Hinter der Glastür stand ein Fohlen. Es schaute sie mit großen ruhigen Augen an; das Tier spitzte seine Ohren.

Es war ein sehr heller Morgen, ein Licht, wie wenn sich etwas Schönes ankündigt. Das Mädchen hatte sich schon die ganze Woche gefreut, mit ihrem Onkel, dem Pferdeonkel, und ihren Pferden auf einen Markt zu fahren, wie sie es schon oft getan hatten. Sie fuhren dorthin, um ihre Pferde durch die Reihen zu führen, betrachtet, bewundert zu werden. Es war ein erhabenes, schönes Gefühl für das Mädchen, ihr Glück zu teilen, ihre Pferde zu zeigen. Niemals ging es darum, die Pferde zu verkaufen. Niemals. Das war ein vollkommen anderer Ansatz, man fuhr hin, um sie zu zeigen, dann fuhr man wieder nach Hause. So auch an diesem Tag.

Sie luden das schwarze Pony, das sie mit vier Jahren von ihrem Vater geschenkt bekommen hatte, dessen hellbraunes Fohlen, die Apfelschimmelstute und den dunkelbraunen Einjährigen in den Anhänger und fuhren los. Wolken trieben fröhlich über den Himmel, die Sonne schien ihr ins Gesicht. Es war ein Festtag. Der Pferdeonkel sagte wie immer wenig, aber auch er war gut gelaunt und pfiff vor sich hin. Schließlich erreichten sie den kleinen bayerischen

Ort. Sie führten die Pferde über den Marktplatz, so wie sie es immer getan hatten. Sie banden die Pferde an eine Holzstange, aufgereiht, herausgeputzt, mit Schleifen im Haar. Menschen gingen vorbei, Kinder streichelten die Gesichter der Pferde, und das Mädchen war glücklich.

Da sprach ein dicker schwarzhaariger Mann, der wie ein Gnom aus einem Märchenbuch aussah, den Onkel an. An seiner linken Hand trug er einen riesigen goldenen Ring. Er sprach auf den Onkel ein, und das Mädchen verstand gar nicht, worum es ging, sie sah nur, wie der Onkel ihm die Hand gab.

Dann kam der Mann, mit einem dicken roten Stift, etwa wie ein Wachsmalstift, und malte auf jedes ihrer Pferde ein großes »P« auf die linke Seite des Hinterteils, auf das Fell. Das Mädchen sagte: »Onkel, was ist da los? Was macht der da?« Als der Onkel sie nicht anschaute, sondern kurz in die Ferne schaute, als gäbe es da hinten, am Ende des Marktes etwas Interessantes zu sehen, wusste sie, was es bedeutete, und verstand es doch nicht.

»Onkel, was hast du gemacht?«

»Der Mann kommt aus Italien und hat mir gesagt, er würde die Ponys gerne für seine Kinder kaufen, da habe ich sie ihm gegeben.«

»Was? Aber du musst Papa anrufen. Du kannst sie nicht verkaufen. Die Ponys gehören doch uns.«

»Ja, aber ich versorge die Pferde, Carmchen, und mir wird das zu viel. Mir wird das zu viel.«

»Aber ich kann mich doch um sie kümmern. Du musst sie zurückkaufen, bitte!« Ihr Blick hatte etwas Grausames bekommen.

»Das geht jetzt nicht mehr.«

Etwas in ihr brach in zwei Teile, sie wollte sich übergeben. Durch einen Nebelschleier sah sie, wie der dicke schwarze Mann die Pferde holte, sie zu einem Transporter führte. Und da sah sie, dass es ein riesiger Transporter war, dass er noch zwanzig andere Pferde gekauft hatte, die alle das rote »P« trugen, und sie verstand, dass die Pferde nicht für seine Kinder waren.

Der Laster war grün und silbern und hatte winzige Luftschlitze. Sie hatte so einen Laster schon mal gesehen: als Schweine zu einem Schlachthof gefahren wurden. Sie hatte von solchen Transporten gehört, sie wusste, dass die wenigsten Tiere es bis nach Italien überlebten. Sie wollte schreien. Aber es kam kein Ton aus ihr. Ihre Pferde wurden in den Laster gezerrt, das Fohlen lief der Mutter vertrauensvoll hinterher. Ihre Pferde standen ganz außen. Sie hielt die Hand an den Luftschlitz und spürte den warmen Atem des schwarzen Ponys. Tränen liefen ihr über die Wangen. *Bitte fahr nicht los, bitte. Ich möchte meinen Vater anrufen. Bitte, irgendjemand, ein Erwachsener, muss den Laster aufhalten, ich weiß nicht, wo er hinfährt, ich finde meine Pferde nie wieder.* Sie konnte nichts tun. Sie konnte nichts fassen. Dass jemand das zuließ. Etwas Schreckliches geschah, und jeder dieser tausend Besucher hier auf dem Markt ließ es geschehen. Menschen standen um den Transporter, schauten zu, wie die Tiere verladen wurden. Das Fohlen fand nur unter dem Bauch der Mutter Platz. Das Mädchen streckte seine Finger durch den Schlitz, spürte wie das schwarze Pony die Nüstern gegen ihre Hand presste. Der Motor sprang an, Panik erfasste sie, jetzt, ganz schnell, konnte man noch etwas tun, den Transporter aufhalten.

Das Bild, wie alltäglich der Laster rechts in die Straße einbog; verschwand. Die Vorstellung, wie das Fohlen unter dem Bauch der Mutter fiel, in der Enge nicht mehr hochkam.

Sie fuhren mit dem leeren Anhänger nach Hause. Kein einziges Mal hob das Mädchen den Kopf, und sie sah die Sonne nicht, die wieder in ihren Augen blinzelte. Sie sprach kein Wort mit ihrem Onkel, sie fuhr nicht mehr nach Italien, und sie träumte ein, zwei Jahre lang jede Nacht von ihren Pferden. Träumte davon, dass sie eines Morgens in ihrem Garten stehen. Wurde von ihrem Wiehern geweckt. Das Fohlen blieb in ihrem Traum drei Monate alt. Heute noch ist es drei Monate alt. So stand es vor ihr, hinter Glas. Schaute sie an. Vier Sekunden lang. Sie wollte zu dem Fohlen, mit ihrer Hand über sein Fell fahren, und sie wollte auf ihr Zimmer. Mehr nicht. Sie musste jetzt durch diese Tür hindurch. In ihren Augen standen Tränen. In ihrem Bauch brannte eine Wut gegen diese Frau, gegen diese Klinik, die jedem vorgab, wie er sich zu verhalten hatte.

Wenn wir nur genug Kraft gehabt hätten, diesem Rollstuhl einen festen Stoß zu verpassen, wir wären durch die Glastür hindurchgebrochen, bis sie in tausend Teile zersplittert, wir wären auf die Straße gefahren, immer weiter, bis wir den Flughafen erreicht hätten.

Sie sprach den Schlupflidrigen an: »Würden Sie mir bitte die Tür öffnen? Würden Sie mich bitte auf mein Zimmer fahren?« Ihre Stimme war hoch, atemlos, sie klang, als käme sie von einem Tonband, das zu schnell lief.

Der Mann sah unsicher zwischen ihr und der Schwester hin und her. Der Häubchenfrau riss der Geduldsfaden: »Nein! Das dürfen Sie nicht.« Sie spürte den Ärger im Nacken, die Blicke der anderen. Greifbar wie Objekte. Niemand öffnete die Tür.

Durch das Glas sah sie, wie mehrere Schwestern und Ärzte einen Kreis bildeten. Wie es in jedem Stockwerk, auf jedem Flur zu sehen war: Schwestern und Ärzte bildeten einen Kreis. Sie senkte den Kopf für Sekunden, wie um die letzten Kräfte zu sammeln. Ein Schatten hinter dem Glas, da blickte sie auf und sah in die kugelrunden Augen des Pflegers, in dessen Gesicht sich ihre eigene Verzweiflung spiegelte.

*

Das Zimmer Nr. 284. Süßlicher Geruch in den Vorhängen. Das Fieber tickte in ihr. Verbrannte sie. Wenn ich könnte, würde ich mir die Fingernägel abbeißen. Ein Drehen ihrer Handflächen, ihrer Arme, nach außen, vom Körper wegschlagen. Wie afrikanische Kinder es im Fieberkrampf tun. Sie schlagen ihre Arme ruckartig hin und her. Einem Vogel gleich, der nicht fliegen kann. Diese Malaria nennen sie in Burkina Faso *kono*, Vogelkrankheit. Den Kindern legen sie Federn um den Hals, die sie heilen sollen. Den Müttern sagt man, sie dürften in der Nacht nicht mit ihrem Kind draußen schlafen, unter dem Mondlicht, denn wenn der große Vogel über das Kind hinwegfliege, bekomme es *kono*. Das kranke Kind mit den gestutzten Flügeln verdreht die Augen und stirbt oft, bevor es zu einem Heiler gebracht werden kann. In ein Krankenhaus kann es nicht gebracht werden. Dort kann keiner helfen. Das Kind ist verhext, so glaubt man, weil hier alle es so glauben. Ist es eine kulturelle Frage, ob eine Mutter mit ihrem Kind zum Arzt geht? Ist es eine kulturelle Frage, ob ein Arzt Malaria erkennt?

Den Namen des Vogels spricht niemand aus. Manche sagen, er sei so groß wie ein Reiher. Mindestens. Eine Mücke? Eine von denen, die bei Dunkelheit draußen herumschwirren? Nein, eine kleine Mücke kann so etwas nicht anrichten. Es ist der große Vogel, der nachts über die Köpfe der Kinder fliegt.

*

Nachts hörte sie ein Rauschen. Als hielte ihr jemand eine Muschel ans Ohr. Es war mein Flüstern. Das Krankenhaus im Dunkeln, ein schnarchender Dampfer. Darin schlafende Menschen, jeder alleine, vereint durch das Ausloten der eigenen Grenzen. Sirenen heulen zu ihr herauf. Die letzten zwei Wochen waren wie eine Zeitreise, als wäre sie lange, lange unterwegs gewesen, an den verschiedensten Orten.

Seltsame Ecken im Kopfkissen. Heimweh nach Sätzen.

Die Welt wird kleiner. Der Körper wird größer.

Gedanken, die sich nicht berühren. Empfindungen, die sich nicht berühren. Die frei nebeneinander stehen.

Ein violettes Licht in der Steckdose. Lichtpunkte (blau, rot) tanzen verschwörerisch um die Steckdose. Wie Blinkzeichen.

Das Geräusch von Hubschraubern. Die Hubschrauber holen sie. Oder sie bringen Carl.

Wo war sie? Krankenhäuser machen alle Städte der Welt gleich.

Sie drückt den Klingelknopf. Wohin führt diese Klingel, wo kommt das Klingeln an?

Sie darf nicht einschlafen. Der schwarze Leib des Baumes kann auf sie stürzen. Das violette Licht kann sie verbrennen. Alles kann passieren.

Der Italiener öffnete die Tür. Endlich. Giovanni mit den buschigen Augenbrauen. Er setzte sich zu ihr, maß ihren Puls. Von oben strahlte weißes Licht zu ihnen herunter, leuchtete in sein Jungengesicht. Sie lächelte ihn an. Giovanni hatte den Verdacht bei einer Visite geäußert: Vielleicht hatte sie eine Mischinfektion, vielleicht trafen zwei Virenstämme aufeinander, vielleicht waren zwei Dinge die Lösung. Ihn schien ehrlich zu plagen, was sie hatte. Sie sah es an dem Gekräusel zwischen seinen Augen. Vielleicht aus einem wissenschaftlichen Interesse oder einem Ich-komm-nicht-drauf, wenn einem ein Wort nicht einfällt, obwohl es doch auf der Zunge liegt. Vielleicht folgte doch alles einer verborgenen Logik, und diese Augenbrauen waren die Wegweiser nach draußen. Vielleicht, vielleicht.

Ich kroch auf den Blutbeutel, der noch in der Silberschale lag, stieß hinein. Nahm vorsichtig ein paar Tropfen auf meine Stichwaffe. Auf Giovannis dunkler Haut würde das helle Blut glänzen. Dafür musste ich etwas tun, was Mücken nie tun: sich lange auf Menschenhaut aufhalten. Pferdebremsen konnten sich das leisten, an Senken voller Blut zu saugen, minutenlang. Die Evolution ging an ihnen vorüber. Sie kennen keine Angst, erschlagen zu werden. Ein Pferd hat keine Hände.

Ich landete hinter seinem rechten Handgelenk, wo eine bläuliche Ader quer verlief, sein Daumen ruhte noch auf ihrem Pulsschlag. Er bekam Gänsehaut, ohne es zu bemerken, Stromschläge trafen meine Beinchen. Ich zog mit ihrem Blut eine Linie. Plötzlich ging alles ganz schnell. Ein Wirbeln. Ein Luftzug, wie wenn eine Tür ins Schloss fällt. Von oben flog die Hand auf mich herab. Eine riesige Hautfläche mit Kratern. Aus, vorbei.

Es war noch nicht vorbei. Ein winziger Schacht, Licht, das durch eine Ritze zwischen zwei Fingern fällt. Ich roch seine Haut, Schweiß und Minze. Mein Herz pochte wild. Wisst ihr, dass Mücken ein Herz haben?

Ich wollte ihr helfen, ich wollte alles für sie tun. Ihr Blut weiter fließen lassen, das ich vergiftet hatte. Nun starben wir beide. Die Angst kroch mir unter die Flügel. Da hebt sich die siegessichere Hand. Das Letzte, was ich im Hochrasen sehe, sind Haare, die kreuz und quer wie Kriegszäune über den Augen wachsen.

In der Nacht träumte ich, ein Mensch zu sein, und frage mich, ob ich nicht ein Mensch bin, der träumt, ein Moskito zu sein.

Im Traum sehe ich Ana und Carl, wie sie auf einem Felsen stehen. Der Felsen hat ein Gesicht. Eine

Schlucht trennt uns. Sie wollen zu mir herüber, aber bei jedem Schritt nach vorne wird die Schlucht tiefer und breiter. Sie rufen etwas, das der Wind verweht. Ich versuche, sie anzurufen, aber das Telefon in meiner Hand hat keine Tasten. Ana und Carl als roter und gelber Punkt, am Ende eines Weizenfeldes. Der Weizen wogt hin und her. Winken sie mir? Die Kälte beißt in meine Glieder, meine sechs Beinchen zittern, als möchten sie abfallen. Die Palpen frieren zu. Ich lege mich auf den kalten Felsen.

11. Tag

Sie drückte den Klingelknopf. Es ging ihr ja gar nicht so schlecht, sie konnte aufstehen. Wenn sie klingelte, kam die Schwester, hievte sie aus dem Bett, führte sie an ihrem Arm auf die Toilette. Dann saß sie auf der Klobrille. Die Schwester draußen vor der Tür. Sie hörte, wie die Schwester die verschüttete Seife vom Boden aufwischte. Ein langsames Schaben und Knistern. Wie viele Saugblätter holte sie, wie oft wischte sie, wie oft warf sie es weg. Bis ihr der Gedanke kam, dass die Handlungen so lange dauerten, weil die Schwester sie in Zeitlupe machte.

Sie sah den Gang eines Wolfes, seine Sehnen, sein Muskelspiel, das langsame Raumgreifen. Die Ruhe in der Kraft. Die Zeitlupe war so schön, weil es sie in der Wirklichkeit nicht gab. Darin lag ihre Schönheit. In der Unmöglichkeit, sie zu erleben.

Die letzten zehn Tage: ihr Leben im Schnelldurchlauf. Aus einer jungen Frau wird eine Neunzigjährige, die jeder Schritt erschöpft. Wenn sie jemand gefragt hätte, wie sie sich fühlte, hätte sie nur ein Bild gehabt: Jemand knüllt ein Blatt Papier zusammen und wirft es in den Abfalleimer. Ein zerknüllter Mensch im Papierkorb. Das war sie.

Wie sie da lag, das sah aus, als dämmere sie vor sich hin. Aber sie dämmerte nicht. Sie war: woanders. Als läge hinter der bisher bekannten Welt eine andere Welt. Wie tief ist der Brunnen in ihr? Wenn das, was man spüren, wissen, denken konnte, so groß war, wie groß war dann das, was man nicht spüren, wissen, denken konnte? Sie war gereist, hatte verrückte Dinge getan, hatte gelebt, wie sie wollte, doch demonstrierte ihr diese Krankheit, dass sie zu den Lauen gehörte. Dass Geist und Körper viel mehr zuzutrauen war. Wann hatte sie das Leben ausgereizt, wie diese Krankheit jetzt sie ausreizte? Sie durfte das nicht vergessen. Sie darf es nicht vergessen.

Ana kam jeden Tag. Ana saß auf ihrer Bettkante. Ana hielt ihre Hand. Es wurde wenig geredet in diesen Tagen und viel verstanden. »Liebe Grüße von deinen Eltern, sie freuen sich auf dich.« »Ja.« »Ich habe nochmal mit dem Arzt geredet, über deine Reise in den Amazonas. Er hat versprochen, alles testen zu lassen, Gelbfieber ist es wohl nicht …« Anas weiche Hand ganz nass. »Ja.« »Wir fahren bald nach Hause.« »Ja.« Sie war zu müde, um zu reden, aber wie gerne wollte sie das glauben. Sie glaubte es. Bis zum Ende glaubte sie es.

Carl schickte Textnachrichten, es piepte auf ihrem Wägelchen. Buchstaben wie geometrische Körper. Angst und Liebe schwappten durch das Meer. Sie schlief mit Carls zerknülltem T-Shirt in ihrer Hand. Ihre Liebe, gestaut im Krankenhaus. Carl bereute, was er nicht hatte vorhersehen können. Carl wollte zurück nach Rio fliegen.

*

In der Nacht hörte sie Schritte auf dem Flur. War das nicht normal in einem Krankenhaus? Gerade, als sie das dachte, war sie wieder im Hotel Rosita in Bariloche. Sie war in den Süden Chiles gereist und mit einem Schiff zwischen Gletschern hindurchgefahren, deren Farbe an den Boden von Schwimmbädern erinnerte. Sie überquerte die Grenze nach Argentinien in einem staubigen Bus. Niemand wusste, dass sie das tat. Ihr letzter Anruf kam vor zwei Wochen aus Santiago. Die Münzen klapperten so schnell durch den Bauch des Telefons, dass sie kaum mit dem Einwerfen hinterherkam. Morgen schon wollte sie wieder zurück, über die Grenze, nach Chile.

Es war ein kleines, dunkles Hotel. Eines, um das man sich keine großen Gedanken machte, weil man nur eine Nacht darin verbrachte.

An der Rezeption stand eine winzige Frau, die vermutlich einmal eine junge, hübsche Rosita gewesen war. Jetzt war ihr Gesicht auf vierundsiebzig Arten gefaltet. Ein großer Mann mit braunen, fast schwarzen Haaren, an seinen Augen erkannte sie, dass er der Sohn der Alten war, überreichte ihr den Schlüssel, ein schwerer goldener Zapfen hing daran. Er wünschte ihr in dem hellen Sing-Sang der Südargentinier einen schönen Aufenthalt. Sie achtete nicht auf das Schlüsselbord hinter ihm.

Neben einem Tischchen, auf dem Zeitschriften wie ein Fächer ausgebreitet lagen, führte die Treppe nach oben. Nirgends ein Fahrstuhl. Das Hotel war so klein und turmartig, dass sich auf jedem Stock nur vier Zimmer befanden. Ihres hatte zwei schlichte Einzelbetten, sie wählte, ohne groß nachzudenken, das rechte. Ein Sessel mit Blumenmuster, ein schwerer Schrank, sie würde erst gar nichts einräumen, und ein Spiegel, der sie nur bis zur Hüfte zeigte. Die Luft war stickig wie auf einem überhitzten Dachboden. Es gab nur ein winziges Fenster, das man nach oben kippen konnte, durch den Spalt sah sie den Giebel eines Holzhauses. Das Badezimmer hatte gar kein Fenster, was sie nur einen Wimpernschlag lang beunruhigte, warum auch?

Am Abend bummelte sie durch die Stadt, deren Lichter eines nach dem anderen angeknipst wurden. Hütten wie in einem Skiort in den Alpen standen auf dem Marktplatz, sie trank Rotwein in einer Pizzeria, rauchte eine Zigarette, als es langsam kühl wurde. Im Hotel stand nur noch der Sohn am Empfang.

»Hatten Sie einen schönen Abend?«

»Ja, danke, aber jetzt bin ich ziemlich müde … Gute Nacht …«

»Gute Nacht«, ihr schien, als hätte er sie einen Augenblick zu lange angesehen. Und weil man sich solche Dinge nie einbildete, war es so.

Während sie die Stufen nach oben ging, schüttelte sie den Kopf, schmunzelte, was für ein seltsames Pärchen. Sie war froh, dass sie morgen wieder abreisen würde. Im ersten Stock brannte Licht, die Türen zu allen Zimmern standen offen, so konnte sie sehen, dass auf jedem Bett zwei Handtücher, aufgefächert, mit einer Seife darauf lagen. Das Gleiche im zweiten Stock und im dritten Stock. Einen vierten gab es nicht. Sie war der einzige Gast, aber sollte sie das beunruhigen? Im Bett blätterte sie noch ein bisschen durch ihren Reiseführer, knipste die Nachttischlampe aus, schlief schnell ein.

Mitten in der Nacht erwachte sie, so alarmiert, als hätte sie verschlafen. Sie knipste die Lampe an, es war fast drei Uhr, viel zu früh. Gerade wollte sie die Lampe wieder ausmachen, da hörte sie das Knarzen von Schritten auf der Treppe. Vier, fünf Schritte waren deutlich zu hören. Eine Stille folgte, als sei das Ziel erreicht. War das vor ihrer Tür? War das wirklich ihre Tür, vor der die Schritte endeten? Da sah sie, dass jemand die Klinke sehr langsam, als hätte die Wirklichkeit in die Zeitlupe gewechselt, nach unten drückte – und dass sie ebenso langsam wieder nach oben ging. Sie kroch unter die Decke. Als könnte sie sich in diesem Zimmer verstecken. Sie zog die Decke vom Kopf, schaute zur Tür. Sie wusste doch, wer da war.

Der goldene Zapfen des Schlüssels, der in der Tür steckte, schwang hin und her, wie ein Pendel. Hatte sie den Schlüssel umgedreht? Hatte sie ihn umgedreht? Panisch schaute sie zum Fenster, selbst wenn sie es einschlug, war es zu klein, um ihren Körper hindurchzuzwängen. Sie blickte wieder zur Tür, sah schließlich ein zweites Mal, wie nun die Türklinke, energischer als beim ersten Mal, nach unten gedrückt wurde. Und dieses Hinunterdrücken war gerade so, als wollte sie jemand tief in den Boden drücken. Bis sie im Erdinneren verschwand.

Niemand würde sie hier hören, niemand wusste, wo sie war. Sie war gefangen – so wie sie jetzt in diesem Krankenhaus gefangen war. Sie kam nicht mehr weg. Die Angst kroch kalt in ihr Bett. Sie lief durch die Infusionsnadel in ihre blaue, brennende Vene. Legte sich auf das Kissen, die Metallstäbe, ihre Füße, ihre Ohren. Sie schloss die Augen, und die Bilder nahmen, ohne zu zögern, Gestalt an. Vogelperspektive auf eine Wiese. Nahaufnahme. Carl und Carmen, wie sie im Gras herumrollen, wie sie sich in die Wiese einwickeln. Vogelperspektive, ein Kreuz auf der Wiese. Und dann stand diese Wahrheit klar vor ihr, als wäre sie in Stein gemeißelt, grausam und schön zugleich: Nur einer von beiden wird sich, mit einem Mal, feierlich dem Körper des anderen nähern. Nur einer von beiden wird Blumen auf die Knochen des anderen legen. Nur einer von beiden wird das Sterbedatum des anderen erfahren.

Wer würde es sein?

Es war Carl.

Carl, der jetzt vor einem Grab steht. Vor ihrem

Grab. Der kühle, feuchte Blumengeruch der Aussegnungshalle. Sie sieht das Gebinde, die offene Grube, sie will nicht hinein. Sie will nicht sterben. Sie hat ein Flugticket nach Hause. Augen auf, aufhören. Ihr Kinn zittert. Sie hält es fest. Es klappert gegen ihre Hand. Was wusste sie schon vom Sterben?

Ihre Mutter steuerte den braunen Mercedes, mit Bezügen, die sich wie Samt anfühlten. Sie ein Kind auf der Rückbank, sieben, acht Jahre alt. Dieses Auto hatte einen Geheimnisraum. Vorne besprachen die Erwachsenen ungeheuerliche Dinge. Zwei große Samtsitze trennten sie davon. An diesem Tag saß auf dem Beifahrersitz die ältere Dame aus dem Altersheim. Irgendwie war sie mit ihnen verwandt. Frau Schönmann hatte weiße Haare und nur einen Fuß. Glitzerkleider für Puppen schneiderte sie, mit Hütchen dazu. Carmen sah die Einfamilienhäuser vorbeiziehen. Frau Schönmann flüsterte vorne ihrer Mutter etwas zu. Eine neue tödliche Krankheit gebe es. AIDS heiße sie, und man sage, sie sei eine Strafe Gottes.

Auf der Rückbank erstarrte sie. Der Mercedes surrte leise. Sie schaute aus dem Fenster, Wolken schoben hin und her, Bäume glänzten unwirklich. Zwischen zwei Nebelwolken ein Loch, das sie einsaugen konnte. Wenn das wirklich so wäre, dachte sie. Ja, wenn das wirklich so wäre, dass Gott straft durch eine Krankheit, wie groß, wie fürchterlich, wie mächtig wäre das. Was gäbe es dann noch alles, was er tun konnte.

Darauf sprach der Herr zu Mose: Sag zu Aaron: Streck deinen Stab aus und schlag damit auf die Erde in den Staub! In ganz Ägypten sollen daraus Stechmücken werden. Sie taten es. Aaron streckte die Hand aus und schlug mit seinem Stab auf die Erde in den Staub. Da wurden Stechmücken daraus, die sich auf Mensch und Vieh setzten. In ganz Ägypten wurden aus dem Staub auf der Erde Stechmücken. Und dieser Staub wird bald wieder aufwirbeln. Das verspreche ich euch.

Sie schaute nach draußen, auf den Baum. Er wurde am dritten Tag erschaffen. Die knorrigen Äste, die sich in den Himmel spreizen. Die Adern jedes Blattes. Wie der Wind das silbergrüne Blätterwerk, die Äste, hin und her wogte, während er ihr Haar nicht mal berührte. Im inneren Zusammenspiel der Natur erscheint der Mensch manchmal als seltsame Dreingabe. Pflanzen sind fertig. Menschen müssen sich entwickeln. Der Baum stemmt sich gegen den Sturm, wehrt sich gegen Käfer, er verwelkt nicht in der Hitze. In sich trug er diese Kräfte, stumm und fest stand er da, er brauchte keine Ärzte, nicht die richtigen Medikamente, er musste in kein Krankenhaus. Er tat es selbst. Und dabei produzierte er auch noch ihren Atem, sogar der floss über ihn zu ihr, in ihre Lunge, pumpte ihr Blut durch ihre Adern. Dieser verdammte Baum. Was konnte sie tun? Wenn selbst der Baum mehr tun konnte als sie. Selbstmitleid ist eine Überlebensfunktion.

Sie nahm den Stift von ihrem Wägelchen, das eng

am Bett stand. Sie öffnete den schwarzen Filzstift und schrieb auf ihre Haut, quer über die Pulsadern: »Was ist da drin?« Das schrieb sie. Was ist da drin? Und legte den Stift zurück. Ich flog auf das »Was«, blieb sitzen, ruhig. Unter meinen sechs Beinchen, die ihre Haut bedeckten, war die ganze Welt. Kleines Herz pochte. Ich horchte, wie ihr Blut floss. Mit dünner Kraft, aber voller Leben. War das Blut eure Seele? Die Geißeln schwammen wie Berserker darin. Da blickten ihre Augen zu mir hinab. Ich senkte meinen Kopf, beugte den Rücken rund, wie die geistesarmen Mücken es tun. Erwartete ihren Schlag. Hatte ich es nicht verdient? Sie war die Einzige, von der ich es verdient hatte. Wenn sie mich sah, würde der Hass so selbstverständlich in ihr aufsteigen wie die bösen Dämpfe aus dem Erdboden. Wie er damals nach oben gestiegen war. Als die Zeit der schönen Gedichte des Engländers vorüber war. Als ihr endlich einen Feind hattet.

Die Moskitobrigaden zogen durch die Straßen, gossen Öl in die Flüsse, in denen unsere Kinder lagen. Sie legten Sümpfe trocken, räucherten Häuser aus. Vernichteten alles Leben. Todesarbeiter wurden angeheuert, sie erschlugen die Mücken mit der Hand, mit diesem Blick in ihrem Gesicht, den ich noch heute in euren Gesichtern sehe. Es war pure Auslöschung. Das konnte keiner überleben.

Doch die Moskitos kamen zurück.

Es kam der Zweite Weltkrieg, und ihr wart nicht allein in diesem Krieg. Neben Deutschen, Alliierten, Russen, Amerikanern war noch jemand auf den Kampffeldern. Chinin klingelte in den Ohren der Soldaten. Netze wurden wie Brote verteilt. Auf Sizilien streckten fliegende Punkte zwanzigtausend britische Soldaten nieder.

In Rom zwangen die Deutschen die Mücken zum Bündnis. Die Nazis zerstörten Pumpen, fluteten das italienische Ackerland, wo sie die Alliierten erwarteten. Sie wussten: In dem Sumpfwasser würde ein Brutplatz des Todes entstehen. Keiner brauchte sich mehr die Hände schmutzig zu machen. Später fand man in einem Bauernhof Pläne, auf denen die Deutschen skizziert hatten, wie die geschlüpften Moskitos über die Feinde herfallen. Im Pazifik, im Balkan, im Nahen Osten, in Holland, Mücken überall. Und Läuse. Läuse überall. Was tun? Von einem neuen Wundermittel war die Rede, das schnell seinen Einsatz auf den Schlachtfeldern fand: DDT.

Let us spray, hieß es allerorts, und die Menschen falteten ihre Hände.

Die Mücken starben wie ihre Opfer. Sie zuckten, lagen in Krämpfen, DDT lähmte ihren Körper, bis er verging.

Der Kalte Krieg wurde ein Sprühkrieg. Während sie uns zuvor nur bekämpften, wollten sie uns nun ausrotten. Die Heilsbringer mit den silbern glänzenden Gasflaschen kamen über die Hügel Italiens und durch die amerikanischen Vorgärten. In Indien ritten sie auf Elefanten und sprühten DDT hinab auf die

Köpfe der Menschen. In Amerika flogen sie über die Felder und sprühten. Sie flogen tief in Mückenschwärme und sprühten. Sie fuhren durch die Vororte, an den akribisch geschnittenen Rasenflächen vorbei, sprühten und winkten. Überall roch es nach Chlor. Wie eine lustige Dampfmaschine sahen ihre Wagen aus, und die Kinder liefen aus den Häusern in die Wolken aus Gift. Die Männer sprühten den Kindern das Gift in die Haare, auf den Bauch, auf die Pausenbrote. Fröhlich, lachend. Im Schwimmbad hüpften die Kinder und jauchzten: »Sprüh hierher, hier zu mir!«, und sie verschwanden in einer Wolke DDT.

Als dann die Eierschalen der Vögel zerbrachen, als das Gift in der Muttermilch schwamm, als das Wort Krebs so laut wurde. Als Katzen zugrunde gingen, Kinder ohne Augen geboren wurden, und Frösche mit drei Händen, wurde nicht mehr gesprüht.

Da war es vorbei. Für den einen Teil.

Der Krieg gegen die Moskitos war ein Krieg gegen euch selbst.

Viele von uns hatten längst gelernt. Wenn um zehn Uhr abends gesprüht wurde, stachen die Mücken fortan um neun Uhr. Sie stachen auch nicht mehr in den Häusern, wo die Menschlein zwischen den giftbesprühten Wänden schliefen, sie stachen sie draußen. Die neuen Mücken wurden vertraut mit DDT; wehrten sich gegen DDT. Von Griechenland bis Indonesien schwammen ihre Eier im Wasser, völlig unberührt vom Gift.

Was Mücken nicht umbrachte, machte sie stärker. Ihr habt uns stärker gemacht.

Andere habt ihr schwächer gemacht. Ihr habt etwas Böses getan. Wieder habt ihr euch getrennt von den anderen. Von dem, was sich nicht trennen lässt. Am Ende waren die Reichen von Malaria befreit. Aber die Anderen, die Ärmsten: Für sie habt ihr es schlimmer gemacht.

Auf ihre Körper, nicht mehr gewappnet, nicht mehr immun, dank der langen Sprühzeit, traf die neue Malaria. Die aus den Mägen der neuen Mücken kam, die alles überlebt hatten. Habt ihr schon mal ein Kind gesehen, das an Malaria stirbt? Wie es zittert und klappert, die Händchen sich am Bett festkrallen, wie das kleine Herz donnert, es sich nicht mehr beruhigen lässt, mit Augen wie die eines Hundertjährigen, und wie klein es daliegt in seinem Tod, ein gefrorener Schrei im Gesicht. Menschen, die nicht denken, Menschen, die nicht hinsehen, sind keine Menschen.

Die stärksten Mücken haben es nicht nur überlebt, sie haben neue Familien gegründet, die noch stärker wurden. Und die Plasmodien wurden resistent gegen die Medikamente, das Chloroquin, sie lernten vom Chinin, das in Brasilien im Speisesalz verteilt wurde. Es stand auf dem Mittagstisch, die Menschen aßen es, um die Geißeln zu töten. Aber die Geißeln starben nicht, sie lernten. Es wuchs eine vollkommen neue Armee heran. Wieder nur die Stärksten. Habt ihr es vergessen? Die Natur setzt sich immer durch. Und sie wehrt sich wie ein wild strampelndes Kind, wie der Halbkröpfige es gesagt hatte. An den Wasseradern des Amazonas findet ihr die Malaria, die durch eure Schule gegangen ist. Ihr trefft aggressive Plasmodien, ihr trefft starke Mücken. Eine, die Schwarze, ist besonders stark.

Es gibt keinen Schlüssel, der alle Türen zu allen Problemen der Malaria öffnet. Sie ist wie ein Labyrinth aus vielen Türen zu vielen Problemen, und jeder Schlüssel öffnet nur eine Tür zu einem Problem. Das Rätsel ist zu kompliziert, um es zu lösen. Kein Impfstoff dieser Welt wird den tausend Verwandlungen der Geißeln folgen können, die sich in jeder Anopheles, in jedem Menschen anders vollziehen. Ihr könnt euch nicht von uns trennen. Ihr seid zu sehr verstrickt. Mensch, Mücke und Geißeln sind ein Geflecht, wie dieses Universum ein Geflecht ist. Alle drei kommen zusammen, es braucht alle drei, damit geschieht, was millionenfach geschieht. Dort, wo ihr mehr zuschlagt, schlagen wir stärker zurück.

Oder glaubt ihr, es sei Zufall, dass die Malaria die Friedfertigen, die ihrem Ort treu bleiben, mit Immunität belohnt und die Expansiven, die Eroberer der Welt, die Alexanders, Cromwells, Alarichs, zur Strecke bringt?

Vielleicht, wenn ihr einmal denkt, wenn ihr wirklich einmal zu denken anfangt, wenn ihr begreift, wenn ihr mit der Natur geht, nicht gegen sie. Wenn ihr anfangt zu sehen, dann seht ihr mich.

Das Wort auf ihrem Körper.

Eine Mücke auf einem Menschen.

Und das Wort ist Fleisch geworden und hat unter uns gewohnt.

Unsere Beziehung wandelte sich. Nicht, dass es eine Rolle gespielt hätte. Aber sie wandelte sich.

Wenn ich euch als ein Ganzes, als ein Geschöpf sah, das blind war, so sah ich auch, dass sie mehr zu mir gehörte als zu euch.

Große Netze habt ihr geknüpft. Fischernetze, mit denen ihr glitschige Leiber fangt, wurden zum Schutz gegen winzige Tiere – damit sie euch nicht fangen.

Ihr seid im Netz. Nachts, wenn der Tag dunkel wird. Ihr habt nur noch eine Höhle, deren einziger Sinn darin besteht, euch von uns zu trennen. Nachts, wenn ihr wehrlos werdet. Dann gebt ihr uns die Welt zurück. Euch bleibt nur ein heiles Bett. Darum gleicht ein Malariakranker unter einem Moskitonetz einer Kapitulation. Wie jemand, der einen abgetrennten Finger wieder an seine Hand hält.

Kleine Kinder, die unter einem Moskitonetz schlafen, fühlen sich beschützt. Das Netz ist wie ein Mantel, der sie umhüllt. Kinder aus Afrika, die nach Europa kommen und ohne Netz schlafen müssen, fürchten sich. Sie fühlen sich ausgeliefert. Ihre Welt ist nicht mehr dieselbe. Die Welt unter dem Moskitonetz.

Ihr liegt im Bett, umgeben von einem Turm aus Stoff, meterhoch; er kann euch nicht vor einem stecknadelgroßen Tier schützen. Die Sicht ist verschwommen. Wo sitzt sie, von wo aus beobachtet sie mich? Wir kommen aus dem Dunkel des Zimmers, landen auf dem Netz. Von innen könnt ihr uns sehen, wie wir warten. Nicht aufgeben. Eine Mücke gibt nie auf. Für sie geht es immer um alles. Um Leben und Tod. Nichts liegt dazwischen.

Ihr kriecht unter die Bettdecke, schwitzt, atmet schwer, versteckt euren Kopf unter dem Kissen. Und wenn wir doch durch das Netz hineinschlüpfen, durch einen winzigen Spalt, den letzten Rest eurer Welt erobern, könnt ihr es nicht fassen. Ihr wisst, sie ist da. Ihr wisst nicht, wo sie ist. Kommt sie von hinten, kommt sie an den Hals? Ihr wisst nicht, auf welche Körperstelle sie sich gleich setzt, die Haut versiegelt, eindringt. Ihr wisst, dass jemand Blut an euch saugt. Nachts, wenn ihr wehrlos werdet.

Ich möchte Netze um alles hier legen. Um die Ärzte, um die Telefone, um die Wägelchen, die Apparate. Jedes einzelne Ding vom anderen getrennt. Ersticken möchte ich alles. Mit den Netzen. Auffangen möchte ich alles. Mit den Netzen. Alle Organe in ihr, die weich sind und groß, bald platzen sie, bald fallen sie auseinander. Hinabstoßen will ich euch, aus diesem Krankenhaus, aus dieser Erde. Eure Falschheit und Dummheit, ich ertrage sie kaum noch. Alle, die ihr euch die Augen mit den Händen zuhaltet. Die ihr … Da fiel ihr Finger neben mich, ganz nah, von innen. Der Geruch von Haut, die Linien in der Haut der Fingerkuppe, die eine Spirale formen, die sich dreht und pulsiert, die in sich läuft, auf etwas zu, von etwas weg. Der Finger war so dicht an meinem bebenden Leib, dass er, ohne es zu bemerken, ein Beinchen einklemmte. So gewaltig waren Kraft und Gewicht des Fingers, dass es abriss. Taumelnd fiel ich neben mein Bein, spürte den pumpenden Schmerz, ließ mich von ihrer Hand auf das Krankenhemd fallen, als könnte er dadurch vergehen. Hob die Augen. Die Sonne, die durch den Baum fiel, streifte ihr Gesicht, die Schatten der Blätter ein kompliziertes Muster, das klare Licht in ihrem Auge glitzerte. Die Träne fiel nicht. Nicht auf mich.

12. Tag

Ich träumte vom Wald. Die Buckel voller Moos, die Höhlen, die Gruben. Die Stämme, die sich wie Dinosaurierhälse in alle Richtungen biegen. Lianen erdrücken Bäume, Kletten ersticken Büsche, Ungeziefer rasen, Vögel schreien, und große Insekten erstechen stumm. Die verwirrende Wirklichkeit des Urwalds war auf das Verheimlichen ausgerichtet. Jederzeit konnte man darin verlorengehen.

Die schmalen endlosen Flure, die beigen Wände, der Laminatboden. Die Teeküche, das Schwesternzimmer, auf jedem Stockwerk an derselben Stelle. Die Ziffern auf den Türen. Die Sterilität der aufgereihten Instrumente. War es nicht diese Übersichtlichkeit, in der man ebenso verlorengehen konnte? Lag nicht gerade in dem, was sich sauber und geordnet nach außen stülpte, alles in hoher Perfektion verborgen? Auch diese Klinik war eine Art Dschungel.

An diesem Vormittag um 7.41 Uhr, draußen war es schon warm, verschwand Carmen im Krankenhaus Salbino. Gerade so, als existierte sie nicht.

Ein Pfleger rollte sie auf einer Trage pfeifend einen Gang entlang, auf spiegelblankem Boden im Keller.

Er stemmte sich gegen eine bleischwere Tür, schob sie hinein.

Sie hatte kein Fieber. Sie war müde. In dem Raum waren die Jalousien geschlossen, in der Ecke ein Glaskubus, zwei Ärzte dahinter, sie flachsten und lachten. In der Mitte stand ein Kernspintomograph. Eine weiße Rakete. Dort kam sie hinein. »Bitte bewahren Sie Ruhe da drin, es dauert nicht lange, wir machen nur ein paar Aufnahmen von Ihrem Kopf«, sagte der Pfleger.

Die Kreatur surrte. Langsam verschwand sie in ihr. Aufnahmen vom Kopf, das war gut, wieder Hoffnung auf eine Antwort. Sie schaute in das Weiß um sich herum, überrascht davon, wie eng, wie abgeschnitten von allem es war. Die Decke berührte fast ihre Stirn. Eine Panikröhre. Denk einfach nicht daran, wo du bist, denk an etwas anderes, beruhigte sie sich. Es dauert ja nicht lange.

Die Röhre röhrte tatsächlich, ein Ton wie von einem Röntgengerät, das auf einen zufährt. Ein Knacken im Mikrophon. Die Stimme aus dem Glaskubus durch den Lautsprecher: »Wir fangen jetzt an. Bitte bewegen Sie sich nicht.« Das wäre ohnehin schwer möglich gewesen. Sie lag darin ergeben wie eine Tote. Die Arme eng am Körper, die Zehen starr aufgerichtet. Lider fallen zu. Keine Bilder. Sie sind weniger geworden, als gingen sie dem Vorführer aus. Nach einer Weile hört sie kein Röhren mehr. Keine Ansagen. Ist sie eingeschlafen? Dann sind sie fertig, dann kann ich gleich raus, denkt sie.

Nach einer Weile hört sie lebhafte Stimmen, die sich entfernen, wie Arbeiter, die in ihre Pause gehen, zu Kaffee und Käsebällchen. Hört sie die Stimmen wirklich, oder erfindet ihr Kopf die Stimmen später dazu, zu dem viel mächtigeren Geräusch, das folgt, das schwer und satt bis in die Abgeschlossenheit der Röhre dringt.

Die Panzertür fällt ins Schloss.

Sie kommen gleich wieder. Sie holen etwas. Vielleicht die Aufnahmen. Natürlich, wie kann sie so dumm sein, sie müssen die Aufnahmen holen, um zu sehen, ob sie gut geworden sind. Ob ihr Gehirn gut darauf zu sehen ist.

Ein Frösteln zieht durch ihre Knochen. Sie ist nackt unter dem dünnen Krankenhemd, das hinten geöffnet ist. Ihr Rücken, ihr Po, ihre Beine liegen auf kaltem Kunststoff. Das Weiß über ihr leuchtet. Wie im Mondschein. Es ist dunkler geworden.

Hat jemand das Licht ausgemacht? Geht es von selbst aus?

Zeit dehnt sich.

Sie beißt in ihren Fingernagel, bis der Zeigefinger blutet. Denk nicht an die Enge, denk nicht an die Enge. Die Zeit ist jetzt so lang geworden, dass man schon ein sehr positiver Mensch sein muss, um noch an ein Aufnahmenholen zu glauben. Bloß: Es kann ja nicht sein. Es kann nicht sein, dass sie mich vergessen haben, denkt sie. Unmöglich. Ich glaube das nicht.

Die Gewissheit kommt ganz leise, durch die Hintertür, auf Zehenspitzen schleicht sie herein.

Endgültige Stille breitet sich aus.

Sie schluchzt einmal auf. Es hallt, wie in einer Höhle. Sie atmet tief ein, fasst sich, ruft: »Hallo!«, erst zaghaft, dann lauter: »HALLO!« Ein erschrockenes Hallo, ein ungläubiges Hallo. Stiller ist es nirgendwo.

Wie hatte der Arzt durchs Mikrophon gesagt: »Sie können uns hören. Aber wir können Sie nicht hören.«

Ihr Körper beginnt zu begreifen. Das Herz rast. Der Atem wird flach, ganz flach, Scheibenatmung. Sie spürt einen brennenden Druck auf der Kehle, jemand drückt fest auf ihre Kehle. Ein Zweitonner liegt auf ihrer Brust. Alles in ihr bäumt sich dagegen auf, als brennte jeder Nerv seinem Ende entgegen, bereit, sich selbst zu sprengen. »ICH WILL HIER RAUS!«, schreit es in ihr. Nur ein Gedanke in ihr: LASST MICH RAUS! RAUS! Die Röhre durchstoßen, die Tür aufbrechen, die Treppen hochrennen, auf die Straße rennen, an die frische Luft. Rennen, nur rennen. Der Puls beschleunigt. Keine Luft mehr zum Atmen. Bis zur Gewissheit, die ihr jetzt kalt ins Gesicht schlägt:

Du kannst hier nicht raus.

Der Boden über dir geschlossen.

Lebendig begraben.

Weißer Sarg im Keller, tausend Augen tief.

Es ist 8.44 Uhr. Über eine Stunde ist vergangen.

Eine weitere Stunde vergeht ohne Erinnerung. Dunkles Loch im Kopf.

Die Röhrendecke fällt auf sie zu. Niemals kommst du durch diese glatte, feste Decke hindurch. Niemals. Sie drückt das Gesicht in die kalt schwitzenden Hände. Stumme, wissende Verzweiflung, die keinen Widerstand mehr kennt.

Minuten, Stunden, Tage? Sie hat kein Zeitgefühl mehr. Ist nicht mehr an einem Ort. Ist nur noch bei sich. Näher kann niemand bei sich sein. Sie hört, wie ihr Blut rauscht, wie es in alle Richtungen gleichzeitig strömt, sieht, wie die Adern flimmern und leuchten. Mein Blut. Mein krankes Blut. Bis zum Ende fließt es. Bleibt bei ihr. Es hält erst an, wenn sie nicht mehr da ist. Wenn das Blut das kann, fließen, was immer geschieht, dann kann sie es auch. Sie kann die Röhre weit machen; sich von dem Blutfluss davontragen lassen. Und das, was da liegt, das ist sie, ohne in Rio zu sein, ohne zu Hause zu sein, ohne im Wald zu sein, ohne irgendwo zu sein.

Das glatte Weiß um sie herum. Weiße Pferde, die auf sie zu galoppieren, mit Abstand vor ihr stehenbleiben, sie anschauen. Weiße Spatzen in weißen Nestern, die ihre weißen Kehlchen voller Hunger aufreißen. Dass sie weiß sind, weiß sie nur, weil alles aus dem größeren, tieferen Weiß kommt. Und in der Tiefe von diesem Weiß öffnet sich eine Tür, sie führt in einen Park. Ein Licht, das golden auf die Bäume fällt, die zu einem großen grünen Ball geschnitten sind, die einmal Urwald waren. Sie geht weiter und spürt die Blicke der Bäume im Nacken. Eine zweite Tür öffnet sich, durch einen runden Bogen betritt sie ein Museum. Sie geht geradewegs in die Sala 12.

Durch den weiten Raum sieht sie das Bild. Die Hoffräulein. Das Licht auf dem Kleid von Margarita, das Licht hinten an der Tür, wo der Hofmarschall steht, ein Bein auf der Treppe.

Seit 1995 besucht sie das Bild, wie man einen Menschen besucht. Sie stand als neunzehnjährige Frau davor, als sechsundzwanzigjährige Architektin, als Verliebte, als Traurige, als Aufgeregte, als Frohe, als Zweifelnde, und sie würde noch als alte Dame mit grauen Haaren, Kostüm und einem Stock in der Hand davorstehen. Dachte sie.

Jedes Mal entdeckt sie neue Dinge darin. Was hält die Infantin in der Hand, ein rotes Kännchen? Wacht der Hund gerade auf? In dem Gemälde scheint so viel zu geschehen, als könnte es nicht aufhören zu geschehen. Und ihre Blicke. Der auffordernde Blick von Margarita, der skeptische, fast verächtliche von Velázquez selbst, der neutrale Blick der Zwergin. So viele Augen schauen einen auf so unterschiedliche Weise an. Diese Blicke ruhen fest auf einem, sie lassen nicht nach. Oder ist es der eigene Blick, der nicht nachlässt?

Was sehen die Hoffräulein? Den, der sie malt? Unbekannte Dritte? Uns? Sich selbst? Wen porträtiert der Maler weiter hinten? Tritt der Hofmarschall ein oder aus? Ist das ein letzter warnender oder neugieriger Blick für uns? Viele Besucher flüstern, stecken die Köpfe zusammen. Ein Mädchen erklärt ihrem Freund, was es zu wissen glaubt. Ihr Finger deutet auf die Zwergin. Ein Führer diskutiert mit einer Gruppe die Komposition des Bildes. Einzelne schauen stumm, mit einer Hand vor dem Mund. Keine Bank ist in der Nähe, keine Säule, an die man sich lehnen kann, alle müssen frei stehen und können doch nicht gehen. Man wendet sich nicht ab von diesem Bild. Wenn man es tut, spürt man die Blicke der Hoffräulein im Rücken.

Wen schauen sie an?

Ich glaube, die Hoffräulein schauen in einen Spiegel. Ich glaube, wir sind dieser Spiegel. Ihr Blick ist unser Blick. Die Hoffräulein blicken in immer neue, wechselnde Gesichter, in denen sie sich selbst, staunend, angewidert, hoffnungsvoll oder gleichgültig, erkennen. Sie können sich immer vorstellen, sie seien jemand anderes. Das ist es, was das Bild seit vierhundert Jahren lebendig macht. Solange Menschen es anschauen.

Nach zwei Stunden und sechsunddreißig Minuten bemerkt ein Pfleger ihr Fehlen. Er kehrt mit zwei Ärzten zurück. Sie drücken einen Knopf. Die Kreatur surrt langsam heraus. Der Pfleger umfasst ihren Arm. »Es tut mir so leid. Das sollte nicht passieren.« Wir schauen ihn an. Unsere Augen vor Schreck geweitet. Keine Verachtung ist darin, nur Ungläubigkeit. Er hebt sie auf die Trage, bringt sie auf ihr Zimmer Nr. 284.

*

Sie atmete ein. Ich atmete aus.

Draußen die Wolken, einem Film gleich ziehen sie vorbei. Die Luft riecht nach Regen. Der Wind geht durch die Palmen, als würden sie winken. Der Wind droht mit etwas, und gleichzeitig bestärkt er sie. Eine hellgelbe Schicht Himmel, darüber bleistiftgraue Wolken, jede Wolke klar abgezeichnet. Zu einem Gebilde, das sich ständig verändert, dessen Einflüsse so fein sind, so verborgen, dass keiner sie beurteilen kann.

Das Haus gegenüber, unverputzt. Auf dem Balkon hängt ein Junge Wäsche auf. Er nimmt einen Pullover, knipst ihn an den Schultern fest. Langsame, tropische Bewegung. Es folgt ein Nachthemd mit einem Kätzchen darauf. Der Junge schaut herüber, lächelt, ertappt. Wenn ich könnte, würde ich das Blutröhrchen, das die Schwester auf dem Wägelchen liegen ließ, mit meinen Zähnen aufnehmen. Ich stelle mir vor, wie ich es an einen Pfeil binde. Wie ich einen Bogen spanne. Wie der Pfeil mit dem Blutröhrchen hinüberfliegt zu dem Jungen, der ihn aus dem Blumentrog zieht. Wie er das Blut in seinem Zimmer in viele einzelne Tropfen teilt, von denen er jeden zwischen zwei Glasplättchen legt. Er schickt die Tropfen in kleinen Päckchen in die ganze Welt, zu den besten Ärzten. Ein Arzt in Lettland untersucht ihn, genauso wie ein Arzt in China, in Rom, in Sierra Leone, in Manaus, in Nairobi. Und einer von ihnen erkennt darin die AATU und schickt dem Jungen ein Gegenmittel. Der Junge bindet das Medikament an den Pfeil. Schießt. Er fällt in unser Krankenzimmer. Ich lege ihr das Gegenmittel in den Mund, und sie wird gesund. Wenn ich könnte, würde ich den Bogen spannen. Ich würde den Pfeil mit dem Blutröhrchen abschießen, hinüber zu dem Jungen, auf den Balkon. Wenn ich nur könnte.

Ihr Blick hing an den Wolken, die vorüberzogen, vor dem Himmel, der grau war und nah. Den Wolken, die das Licht in immer schönere Gebilde trieb.

Die Wolken schraubten sich nach oben, und sie musste an das Ave Maria denken, wie es sich nach oben schraubt, und dass in diesem Höherwerden der Töne auch ein Aufrichten liegt, ein Haltungannehmen, ein Hinwenden zu Gott, und innerlich sang sie es jetzt, um sich aufzurichten.

Wir werden anämischer. Weshalb unsere Gesten, Blicke anämischer werden. Aber wir sind noch da. Was für ein Irrtum der Glaube, nichts zu spüren, nichts mitzubekommen. Wenn doch alles auf den wesentlichen Punkt verdichtet ist. Außerhalb dieses Punktes ist der Irrtum.

Unfähig, zu fliegen, mit dem pochenden Schmerz an der Stelle, wo zuvor ein Bein war, aber bei vollen

Sinnen, hatte ich mich auf das Wägelchen geschleppt. Ein volles Wasserglas stand darauf. In Schwarzafrika schreiben die Muslime einen Heilvers aus dem Koran mit Staub auf eine Holztafel. Über die Schrift schüttet der eine Mensch das Wasser, der andere fängt es in einem Krug auf. Sie kippen es dem malariazitternden Kind über den Kopf. In stiller Hoffnung, dass die Schrift sich auf und im Körper entfalte, dass die Worte Teil von Blut- und Hautzellen werden, dass sie im Herz und in der Leber wirken und den Leib zur Ruhe bringen.

Meine verbliebenen Beinchen zog ich über die glatte Oberfläche des Wägelchens, den Staub, der haften blieb, schleppte ich bis zum Krater des Wasserglases und legte die Staubkörnchen auf dem Wasser ab, wie wir unsere Eier darauf ablegen. Eine Stunde später trank sie den Vers. Der Psalm lag auf ihrer Zunge, er rutschte die Speiseröhre hinab, er lag in ihrem Magen. Der Psalm schwamm in ihrem Blut, er lachte den Geißeln ins Gesicht.

Und ob ich schon wanderte im finsteren Tal, fürchte ich kein Unglück; denn du bist bei mir.

Alles tue ich, nur zusehen werde ich nicht. Ich sehe nicht zu. Das Letzte, das ich für sie tun konnte. Nicht zusehen. Mein tödlicher Stich, meine Versuche, alles rückgängig zu machen, mein stumpfes Scheitern.

Ihr fragt nach einem Warum. Ich kenne kein Warum. Es gibt kein Warum. Man bindet ein Moskitonetz um sein Bett, und eine Mücke schlüpft hinein.

Man bringt sie in ein Krankenhaus, legt alles dar, untersucht sie, versucht alles – und doch verriet das nichts über den Ausgang dieser Geschichte. Es gibt keine Sicherheit.

Es gibt aber auch keine Logik, kein Rädchen-Ineinandergreifen. War das nur Schicksal oder war es eure Unfähigkeit, zu sehen, war es euer Stillstand?

Ich war eine andere geworden. Das erste Mal, dass eine Mücke mitempfand. Mit einem Menschen. Das erste Mal, dass ich diesen Zyklus, an den ich gekettet bin, in Frage stellte. Was stellt ihr in Frage, was macht ihr nicht wie alle anderen, wo wandelt ihr euch?

Als die Geißeln verstanden hatten, dass sie im Wasser nicht weiterkamen, entwickelten sie ihr ganzes Wesen weiter, dass sie in einer Mücke leben konnten; in einem Menschen. In ihm vervollkommnen sie ihren Organismus, noch heute. Wisst ihr, dass sie uns rufen? Aus euch heraus. Euren Geruch verändern sie, um uns anzulocken, sie weiterzutragen. Ihr aber legt Netze, baut Werkzeuge, Fortsätze eures Körpers, erweitert euch in Apparaten, Maschinen. Ihr wandelt nur noch die Dinge außerhalb, ihr wandelt euch nicht mehr innerlich, ihr entwickelt euer Wesen nicht mehr. Euer Gehirn hat sich seit hunderttausend Jahren nicht verändert.

Der Wind bewegt die Äste, die Blätter, den ganzen Baum. Es regnet auf die Pflanzen, und sie wachsen. Dieselbe Sonne, deren Licht auf ferne Planeten fällt, scheint auf euch und auf mich und auf die Geißeln.

Sie sind der kleinste Ausdruck eines und desselben Ganzen. Was ist eure Rolle in diesem Ganzen, wie seid ihr noch darin verstrickt?

Kinder bringen Steine. Sie schaufeln Sand, ein und wieder aus. Sie kippen Wasser in einen Eimer und wieder aus. Sie tragen stundenlang Stöcke in ihrer Hand. Sie sind direkte Verlängerung in die Natur. Sie haben eine Leitbahn in die Natur. Ich wollte euch diese Leitbahn wieder zeigen, die ihr mit euren Milchzähnen, mit eurem ersten Gedächtnis verliert. Aber es ist mir nicht gelungen. Ihr sprecht meine Sprache nicht. Ihr seht nicht, was ich sehe. Es gibt viel mehr, als ihr seht.

Verjagt uns. Schlagt uns tot. Macht weiter. *Aber nicht in unserem Namen. Nicht für unseren Gott. Und nicht für uns.* Ihr sprecht nicht für mich. Ihr tut es nicht für mich. Was ihr an ihr versäumt, versäumt ihr nicht an mir.

Ich konnte euch nicht ändern. Nur ihr konnte ich mich ganz zuwenden. Wenn ich für euch nur noch Hass empfand, empfand ich für sie nur noch Liebe. Sie war nicht bloß ein Mensch, sie war meine Blutsschwester. Wir waren verbunden. Wir waren wie zwei Planeten, die um dieselbe Sonne kreisten. Kein Sprechen, kein Einander-in-die-Augen-Sehen war möglich, und doch waren wir da. Wir waren beide da.

Mit letzter Kraft für einen letzten Flug zitterte ich hinauf zu ihrem Nasenrücken. Gelbe Tropen. Beschämt zeigte ich mich ihr. Es war ganz gleich, ob sie mich töten würde oder nicht. Ihre Augenbraue, wie ein Tier, das halb eingerollt schlief. Eine gestrichelte Narbe zwischen den Haaren. Ihre Wimpern, die sich zart und schön nach oben wandten. Wie viele Stunden habe ich dieses Gesicht schon angesehen. Wie gut es lügen konnte. Ein Mensch, der von innen aufgefressen wird und äußerlich beinahe unversehrt ist. Müde, leere Augen. Ich sah in ihre Netzhaut, hauchzarte Glieder eines Insekts, die sich darin spiegelten, langsam nach innen davonschwebten.

Pupillen, die wie Kugeln nichts erwidern, schwarz und undurchdringlich, ihr Schicksal ertrugen. Es war keine Gleichgültigkeit, es war Annahme, die ich sah. Meine Annahme. Meine Unzulänglichkeit. Wohin führte dieser schwarze Tunnel, was verbarg sich dahinter? Ich erkannte in ihm etwas sehr Fernes und etwas sehr Nahes. Ich hörte, von weit her, ein metallisches Schlagen. Die Pupille zuckte, wie ein Zeichen. Bat sie mich um Hilfe? Dann war es still. Sah sie mich?

Äderchen schimmerten durch die dunkle Kugel, sie fing an, sich zu drehen, schnell wie eine Spirale. Dieses schwarze Nichts war wie ein Sog, der mich nach innen zog. Ich schmeckte Blut im Mund. Und so fiel ich hinein.

13. Tag

Am Morgen fiel heißer Regen. Sie liebte das Geräusch, weil es so alt war. In Vorzeiten war Regen auf die Erde gefallen, den nur Kreaturen mit ledrigen Rückenkämmen hörten. Es war der gleiche Regen, den sie jetzt hörte. Manchmal tauchte etwas in ihr auf, in dem alles enthalten war. Ein Wegdrehen, ein Umarmen, jemand auf einem Feldweg, eine Nachricht, zweimal konnte sie es fassen, umkreisen, bis das Wissen ihr entglitt, wieder auf den Grund des Bewusstseins fiel, zwei schweren Steinen gleich. Alles war schon da. Die Antworten gab es schon. Nur den Zugang nicht.

Sie fror jetzt.

Regnet es zu Hause?

Regnet es jetzt zu Hause?

Im Regen ist alles weniger wahr und empfänglich wie ein Traum.

Wie sie bei der Oma, in der Stube, im Ledersessel kauerte, wie die Oma neben ihr, im Kittel, auf der Bank saß und nähte. Ihre Hände so groß. Ihre Hände wuchsen. Wie das Feuer im Ofen brannte, die frischen Rohrnudeln und der heiße Tee auf dem Tisch dampften.

Wie die Oma erzählte und erzählte. Wie sie nachts durch die eisige Moldau geschwommen war. Auf der anderen Seite, im Wald, das Silber und die Herzensdinge vergrub. Wie sie durch den Wald zurückrannte, aufgeschreckt durch ein Geräusch. Wie es, mitten am Tag, zu Hause am Fensterchen klopfte und hinter den bestickten Vorhängen das Gesicht eines Tschechen auftauchte. Wie die Oma sich die Haare zerzauste und auf ihr Gesicht Ruß aus dem Ofen schmierte. Wenn jemand aus dem Nichts an ihr Fenster klopfte. Ein Gesicht erschien. Zwei oder drei Gesichter erschienen. Niemand, der sie heute besucht, sollte ans Fenster der Oma klopfen. Niemand sollte das je wieder tun. Sie muss ihnen das sagen. Die Oma erzählte von der kalten schwarzen Moldau so anschaulich, dass es sie, das Enkelkind, schüttelte. Vier, fünf Frauen, wie sie sich im Dunkeln durch das Wasser kämpfen, ihr warmer Atem in der kalten Luft. Wie die Oma dann aufstand, ein Scheit Holz im Feuer nachlegte. Immer noch friert sie bei dem Wort Moldau. Bei dem Wort. Und ihr wird warm bei dem Wort Oma. Bei dem Wort.

Es gab nichts mehr zu tun. Es gab zu sehen, wie der vom Fenster gerahmte Baum sich senkte. Wie der ausgeschaltete Fernseher, das Wägelchen, die Brechschale, die Blumenvase, die Dinge bei ihr blieben. Unbegründete Traurigkeit, die plötzlich einen Sinn hatte. Die Erfahrung, dass nichts wirklich mitteilbar ist. Das Empfinden des Bindestrichs. Dass es nicht darum ging, sich in dem einen oder anderen Zustand einzurichten, sondern um die Beziehung zwischen beiden. Dass sie voller Liebe hier liegen konnte und niemand es bemerken musste.

Alles war normal. Das Sohlenquietschen, der Duft von Gemüsesuppe, das Klappern des Geschirrs. Das Entmündigen. *Wir brauchen Ihr Blut.* Das Fragen. *Ist Ihnen kalt?* Das Bitten. *Versuchen Sie zu essen. Eine Kleinigkeit.* Das Kämmen und das Zähneputzen. Bis zum Ende blieb das alles normal. Diese Dinge änderten sich nicht. Ihre Alltäglichkeit stand vor der Unverfrorenheit des nahenden Todes.

Das bärtige Gesicht eines Pflegers über ihr. Er sprach in langem weichem Ton mit gestürzten Lippen, »nuvem«, »nuuuvveem«, als wollte er die Worte aus seinem Mund direkt in ihren hineinlegen. Er lächelte, weil er dachte, sie lächle. Sein gebräuntes Gesicht verschob sich in ein deformiertes, mit langgezogenen Zähnen, langgezogenen Augen. Häuser fielen vom Land ins Wasser. Häuser tosten als Gebirgsbach durch eine Schlucht. Der Geschmack von Metall in ihrem Mund. Deutsche Wörter fielen ihr ein, wie die *hereinbrechende* Dunkelheit. Die Nacht kommt durch die Tür als Einbrecher.

Da war dieser Augenblick auf der Reise, als sie im Sand der Flussinsel saßen. Carl steht auf, um ein Eiersandwich bei Alexandre zu holen. Noch bevor er zurückkommt, ist die Finsternis da. Die Schatten von Tieren wimmeln neben ihrer Hand, huschen davon.

Von der Dunkelheit zum Leben erweckt. Waren es diese Tiere, waren diese Tiere es, die …

Ein Arzt kam, ging, als sei alles auf gutem Wege. Als existierten nur Gesundwerden und Medizin und der Weg dazwischen. Oder wusste er längst, wie es um sie stand. Wollte er sie nur in Sicherheit wiegen? Spielten alle Theater für sie? *Wie geht es Ihnen heute? Wir finden heraus, was Sie haben. Es wird Ihnen bald bessergehen.* Seine Worte fielen durch sie hindurch. Moleküle in der Luft schluckten sie. Es ist genug für alle da.

Ihr Blick hing an dem Baum. An den Zweigen zitterten die Blätter. Licht fiel durch die Äste, wärmte sie. Sie schloss die Augen. Was, wenn die Bäume alles wissen und wir nichts? Das Leuchten ging durch Sehnen, Adern, Fühler und Kanälchen hindurch, hinunter bis zu den Geißeln, die ein Teil von uns waren. Das Ende der Kette, das Perfekte in der Welt auf eine Zelle reduziert.

Übel wurde ihr, und sie erbrach sich. Ganz matt war sie, alles schwirrte, und selbst ihre Schwäche leuchtete. Sie hob die Hand. Drückte den Klingelknopf. Der Ton verschwand, ohne dass man ihn hörte. Wo kam er an? Wo endete diese Klingel, wer hörte sie, wer kam, und wer, der kam, wusste etwas? Wer, der kam, sah etwas? Sie drückte die Klingel wieder, und der Ton verschwand aufs Neue, lautlos, flog durch das Krankenhaus, durch die Leitungen flog er in den Wald. Er hallte darin wider wie das Echo des

Sumaúma-Baums. Mit seinen zeltförmigen Wurzeln, die im Wald Verirrte mit einem Ruder schlagen, mit einem Stock, und durch die Wurzeln schallt ein lauter dunkler Ton durch den Wald, bis ein anderer ihn hört, der seinerseits einen *Sumaúma* sucht, auf dessen Wurzeln schlägt, um dem anderen zu antworten. Um zu sagen, ich bin da. Ich höre dich. Folge meinem Schlagen. Nun schrillte der Klingelton durch den Wald und hallte, und sie hörte weder ihren eigenen noch den, der antwortete.

Sie tastete nach ihrem Handy, drückte Anas Namen. Hörte ihre warme Stimme. »Ana, da ist keiner, ich habe geklingelt, da kommt niemand.« »Ich rufe sofort im Krankenhaus an, dass sie jemanden hochschicken, und ich komme zu dir, ich komme gleich zu dir.«

Eine Schwester. Die liebe, die sie auf die Wange geküsst hatte. Sie gab ihr eine Spritze, irgendeine kalte Flüssigkeit in die blaue, dicke Ader, in die ich, ein Stück weiter oben, eingedrungen war, um das warme Blut aus ihr zu holen.

Aber kleine, unsichtbare Tierchen hatten die Verteidigungskräfte ihres Körpers aufgebraucht. Es war ein kraftvolles Niederlegen. Eine Stille, die tief ist.

Nicht sie gab auf. Ihr Körper gab auf. Das Ich hatte nichts zu melden. Der Schmerz im Kopf, hellgelb, seit fast zwei Wochen, blieb allein zurück. In der Ruhe zwischen den Knochen trat er noch stechender und schneidender hervor. Allein dieser Kopfschmerz reichte, um sich hin und wieder den Tod zu wünschen. Als Erlösung. Das ist der Sinn von Schmerzen. Sie lösen einen von der Erde. Man will gehen. Ja, man will. Für eine Zeit. Nicht: für alle Zeit. Diese grauenvolle Ewigkeit, die hinter dem Tod wartete, war das Schreckliche. Für alle Zeit, flüsterte der metallene Mund. Ihr und ich.

Die Ruhe in ihrem Körper war fremd, als hätte sie nur noch eine Verbindung in die Höhe, als stünde der Geist ganz allein auf einem hohen Plateau. In ihr formte sich langsam der Schrei. Ein Schrei ohne Sprache, der nichts sagen wollte. Sie spürte Carls heiße Wange an ihrer. Sie sah die Hand. Die lebende Hand. Die durchblutete Hand. Die warme Hand. Die raue Hand. Mit dem dünnen, blechernen Ring daran. Die Hand der Oma. Sie drückte diese Hand, bis es wehtat. Mit aller Macht will sie, dass diese Dinge Wirklichkeit werden. Das Zimmer überschwemmt mit Sehnsucht nach Carl, bis sie keine Luft bekommt. Nach Hause. Barfuß durch den Schnee. Feuer knistert im Kamin, und die Eisblumen frieren am Fenster. Laternen, da sind doch Laternen auf dem Dachboden, die ich als Kind gebastelt habe. Was ist da drauf? Sie will die Laternen sehen. Den Vater, die Mutter. Nicht ohne Abschied. Bloß das nicht. Konnte das sein? War es möglich? Alles hat seine Zeit. Hatte sie ihre Zeit?

Der Tod abstrakt funktioniert. Der Tod konkret funktioniert nicht.

Der fragliche Punkt stand nicht mehr unglaubhaft, losgelöst vom Lauf der Jahreszeiten in der Ferne. Nein. Hier in Rio. Heute schon oder morgen. Sie kommt nicht davon. Ein gewöhnlicher, sonniger Tag. Ein Tag im September. Hier beginnt der Frühling. Zu Hause beginnt der Herbst. Tief golden die Sonne. Blätter, die auf der Straße tanzen. Gelbe Blätter. Rote Blätter. Voller Blut. Die Blätter welken, knistern, trocknen, runden sich nach oben, formen Trichter. Darin sammelt sich das Blut.

Trinkt alle daraus; das ist mein Blut, das Blut des Bundes.

Wie oft wird er erneuert. Euer Blut mir geopfert. Bis ihr versteht.

Was tue ich hier.

Was seid ihr.

Ich trinke nicht mehr aus euch.

Eure Haut stößt mich ab.

Eure Augen sind weiße, leere Kugeln. Zum Hineinstechen gemacht.

War sie nicht eine von euch. Sind hier nicht alle gleich.

Euren Leib haltet ihr fest, wie man den Atem anhält. Den Blick senkt ihr, sobald euch die Augen eines Fremden begegnen. Die Schultern spannt ihr an, selbst wenn ihr das Liebste umarmt. Immer und immer haltet ihr euch fest.

Bis zum Tod haltet ihr euch fest. Und nicht mal nach dem Tod lasst ihr los.

An einem milden Spätsommertag fanden vier Archäologen in Italien ein Malariagrab mit fünfzig Kindern darin. Sie öffneten es; und als sie sahen, was sie sahen, schluckten sie. Auf den skelettierten Ärmchen und Beinchen ruhten schwere Steine. Die Ausgräber sahen die kleinen Knochen unter dem Geröll, senkten ihre Augen, und es brach ihnen das Herz. Die Eltern hatten die zerbrechlichen Glieder ihrer Kinder mit Steinen beschwert, damit sie wenigstens unter der Erde Ruhe haben vor den Dämonen, die ihre Gebeine schüttelten. Eine Frau war mit ihrem Kind beerdigt. Wie sie den Arm schützend auf das Kind legte, als wollte sie es im Tod noch festhalten, damit es sich nicht rührte. Im Tod sollte es sich nicht rühren. Und dort, wo zuvor Fleisch war, klaffte nun eine Lücke zwischen den Knochen von Mutter und Tochter. Die Schädel von einer Zickzacklinie durchzogen. Wie ein Diagramm. Die Ausgräber hoben die Körper der Kinder heraus, legten sie in Tücher, und das, was ihnen am wichtigsten erschien, war, die Steine auf den Armen und Beinen der Kinder zu lassen. Die Steine durften nicht verrutschen. Das war ihnen das Wichtigste, dass die Steine da blieben, wo sie waren.

Kultur definiert euch, aber sie trennt euch von der Natur. Euer Leib ist eure Rüstung. Festhalten, festhalten. Schützen. Ihre Rüstung fällt nun. Nun kommt der Tag. Aber ihr. Der Kelch wird an euch nicht vorübergehen. Wozu haltet ihr euch fest? Insektengleich schwirrt die Zeit um euch. Und wenn ihr längst vergangen seid, werden Anopheles um eure Gräber schwirren.

Sagt mir, wann wandelt ihr euch. Eure menschliche Form könnt ihr nicht wandeln. Ihr seid nie Larven. Keine Puppen. Ihr habt nur eine Haut, die wächst und welkt. Ihr habt einen langsamen Gang; keine ausgeprägten Sinne. Ihr könnt nicht fliegen, nicht stechen, könnt eure Gestalt nicht anpassen wie wir, dass ihr, nur durch sie, im Eis, in der Wüste überleben könnt. Das Einzige, was ihr habt, was ihr weiterentwickeln könnt, ist euer Geist; und ihr nutzt ihn nicht. Wachst nicht an den Dingen, sondern verzweifelt an ihnen. Am Außen zerstreut ihr euch, ohne das Innen je zu begreifen.

Das statische Warum fesselt euch. Dabei ist es das Wozu. Das Weitergehen, die höheren Stufen, das ewige Wachsen des Geistes an den Dingen, die euch zustoßen. Menschen können sich entwickeln oder nicht, sich selbst neu schöpfen oder nicht. Sie haben eine Wahl. Die Geißeln haben keine. Bei ihnen *muss* es klappen. Von diesem Klappen hängt ihr Leben ab. Den Sprung müssen sie schaffen von Mücke zu Mensch und von Mensch zu Mücke. Und sie springen. Diese Geißeln, die hirnlosen, die fühlerlosen, leben mehr, als ihr es je tun werdet.

Ist es nicht, wie es irgendwo heißt, der einzige Sinn der menschlichen Existenz, ein Licht anzuzünden in der Finsternis des bloßen Seins? Wozu habt ihr eine Psyche? Wenn ihr sie wie ein Instrument falsch spielt?

Ihre tausend Räume nicht begeht? Wenn ihr nicht jede einzelne dieser unterirdischen Kammern mit dem Jubel flutet, am Leben zu sein? Warum bedient ihr euren Geist nicht überschwänglich und maßlos, anstatt ihn klein und eng zu halten, bis er sich in ein Mückenhirn stopfen lässt.

Wenn ihr euch doch lieber festhaltet, wie der Körper sich festhält. An euren Enttäuschungen, Hoffnungen, Regeln. Wie ihr im weißen Kittel feststeckt, euch den Kopf zerbrecht. Brecht ihn euch. Wie ihr die Gleichgültigkeit zur Schau tragt und den Stolz. Wie ihr den leeren Geist füllt mit Misstrauen und Vorsicht, statt mit eurem Wollen. Wie ihr euch panzert mit Selbstbeherrschung. Ja, wozu. Wozu denn.

Das Selbst ist eine Erfindung, die euch von den anderen trennt. Das Schlimmste ist, dass ihr euch nicht verbunden glaubt. Ich aber frage euch.

In wie viele fremde Körper ist euer Blut geflossen?

Wo schwirrt euer Blut durch den Wald?

Wo ruht es im warmen Magen unter schattigen Bäumen?

Verkriecht euch nur weiter unter den Decken. Hinter euren Netzen. Verschließt euch in euren Rollen. Bis zum Ende schützt den anderen und euch selbst. Schützt ihn von euch weg. Eure Überheblichkeit, euer Ego widern mich an. Sperrt euch in euer Gedankenkrankenhaus. Riecht nach Angst. *Ich* rieche eure Angst.

Nutzt nicht, was ihr uns Tieren voraushabt, das

unsagbar große Geschenk, das Wissen um den Tod. Steht nebeneinander wie die Halme im Maisfeld, das langsam verdorrt, im Herbst gelb wird und knistert. Halm an Halm, ohne sich zu berühren.

Wie oft hat sie als Kind, im Heimatdorf, am frühen Morgen schläfrig im Bett gelegen, das Glockenläuten gehört, bedächtig und hell, und sich gefragt, für wen sie wohl läuten. Wer war gestorben. Für wen läuten sie.

Die Glocken hatten für sie geläutet. Sie hatten immer nur für sie geläutet. Wieso hatte sie das nicht bedacht. Warum begreift ihr das Leben nicht von seinem Ende her. Warum lebt ihr nicht vom Ende her. Als wärt ihr ein Schwarm ohne Gehirn. Unwissende.

Und doch erschreckte mich genau das. Hatte ich nicht ebenso bewusstlos gestochen wie ihr bewusstlos lebt. War ich nicht geworden wie ihr, war ich nicht schuldig geworden. Hielt mich nicht die Schuld hier fest. War es nicht die Schuld, die mich als Letztes von ihr trennte. Und trennte mich mein Hass nicht von euch. War es, weil ich empfand, was sie empfand. Was war ich, was sie. Keine zwei Wesen konnten sich fremder sein, doch waren wir eins. Mein Leib schmerzte, mein Herz lag im Staub. Wer heilt mich. Wer rettet mich.

Wach auf, warum schläfst du? Du kennst meine Gedanken. Wer hat den Bogen gespannt und mich dem Pfeil zum Ziel gesteckt? So bring auch endlich den Entscheid über Leben und Tod. Lass mich sterben und sie leben. Lass mich sterben. Ich steche nicht mehr. Ich kann nicht mehr fliegen. Mein Bein verstümmelt. Meine Tage gezählt. Ich lege mich hin, zu ihr, zum tödlichen Schlummer, aber ich gehe nicht. Selbst, wenn ich könnte. Ich gehe nicht. Ich bleibe, bis wir den Tod erreichen.

Jedes Jahr am ersten Novembertag stehen sie an den Gräbern in ihrem Heimatort. Alle sind heilig an Allerheiligen. Dann gehören die Toten für alle sichtbar zur Familie. Rosi, Michael und Franziska stehen bei Anton, der von einer Brücke gesprungen ist. In ihrer Sichtlinie, ein paar Meter entfernt, steht Familie Schubert bei Johannes, der sich erhängt hat. Ein Kind spielt mit den Steinen auf dem Weg und wirft sie lachend in das Netz seines Kinderwagens. Zu der Erde in einem Grab sagt es »Kaka«. Leicht links steht Familie Meier bei Christine, die vor wenigen Wochen an Leukämie gestorben ist. Und wenn man sich umdreht, sind da David und seine Mutter Fini, die bei Toni stehen, der vor kurzem tot im Flur lag. Sie schauen auf das Grab, als mochten sie hinein. Die Blasmusik spielt Trauermärsche, und das Gesicht von Tante Edeltraud ist genauso roh, so schutzlos wie 1984, als der Tommy mit vierzehn erfroren ist. Der Pfarrer liest die Namen der im letzten Jahr Verstorbenen vor. Sie reichen zurück bis Ende September. Nur im Oktober ist niemand gestorben. Im nächsten Jahr wird der Pfarrer wieder die Namen verlesen, man kennt sie noch nicht, aber man kann sicher sein, dass er Namen dabeihaben wird. Es ist ganz still, und die Sonne scheint, und der Friedhof ist so mit Schmerz und Leben angefüllt, wie an keinem anderen Tag im Jahr. Mit unsichtbaren, aber doch vorhandenen Fäden sind alle verbunden durch das Nichtbegreifbare, das Unausweichliche; das Mögliche. Als die Leute aus dem Friedhof strömen, löst sich die Spannung, aber die Fäden hängen noch an ihnen dran.

Was tut man mit all diesen Fäden, die nun im Krankenzimmer Nr. 284 hingen. Sie hingen an der Schwester, am Oblomow, am Jungen gegenüber, an dem Baum, an Ana, an Carl, selbst an den Ärzten hingen sie, alle Fäden liefen zu ihr, knüpften ein unsichtbares Netz, das es vielleicht schon immer gab, aber das sie jetzt erst sah. Hatte sie immer für die anderen getan, wozu sie in der Lage war? Hatte sie sich nicht zurückgehalten, sich nur denen ganz mitgeteilt, von denen sie glaubte, sie seien das Begreifen wert? Hatte sie nicht irrtümlich das bewahrt, was zu verschwenden war? Jeder Blick, der nun auf sie fiel, ging durch ihr Fleisch und traf ihr Herz.

Lieder hörte sie aus dem Innern. *Vai minha tristeza e diz a ela que sem ela não pode ser*, sang es leise in ihr. Und der Gedanke, dass man seine Traurigkeit einfach wegschicken konnte, der eigenen Traurigkeit einen Auftrag erteilte, ihr sagte, was sie zu tun hatte, erschien ihr neu und revolutionär. Wieso hatte sie das nicht bedacht, warum hatte sie es nicht bedacht. Wieder und wieder versank sie in Tagträume, die Fieberträume waren. Schwächeträume. *Sans défense.* Sie ging einen Pfad voller Herbstblätter entlang, der sie zu einem Teich führte. Fast still, kleine Kreise, kein Fisch sprang. Brennnesseln am Ufer. Übertaute Landschaft. Bäume, hängende Äste, mit Moos bewachsen. Sie ging über eine kleine Brücke, hörte das Plätschern, das Rascheln der Blätter unter ihren Füßen. Da sah sie einen Stapel aufgeschichtetes Holz. Helles, dunkles, Latten, Zäune, Dielen und Baumstämme. Nur weil es zur Mitte hin aufgeschichtet war, dachte sie daran, es anzuzünden, sie ging fest davon aus, dass jemand es anzünden würde. Wie sehr man bestimmt ist, nicht von den Dingen, sondern von dem, was sie darstellen. Vielleicht liegt dieses Holz nur in zufälliger Anordnung da. Vielleicht hatte sie immer nur die Hälfte gesehen. Es gab in ihr noch Kammern, Kellertüren, unterirdische Gänge, die sie nie geöffnet hatte, die jetzt leer standen, als hätte sie nur die oberste Etage eingeräumt. Als sei sie bestimmt gewesen von dem, was die Dinge sein sollten, nicht von dem, was sie sind. Wie die Ärzte in diesem Krankenhaus.

Auf der untersten Klaviatur hatte sie gespielt. Dabei die Tiefe des Lebens nie erreicht. Sie schlug sich durch das Dickicht der bitteren Erkenntnisse; und es war doch nur Festhalten. Immer noch war es Festhalten. Klammern am Leben. Nicht Leben. Was sie für Leben gehalten hatte, war ein Wehren gegen den Tod. Das, was sich lebendig anfühlte, war das Strampeln dagegen. Aber es war nicht das ganze Leben. Es war nur die Hälfte. Wohin führen all diese Gedanken. Ihre Finger krallten sich in die Bettdecke. Ihr Blick sank in das Beige der Wände. Aussichtsloses Beige.

Im Augenwinkel flatterte etwas. Sie spürte den Wind des Flügelschlags noch im Gesicht. Am Fenster saß ein Vogel. Ein graufiedriger, dessen Art sie nicht kannte.

Heimweh nach einem Spatz. Heimkehr ist keine Lösung.

Die dunklen, klaren Augen des Vogels schauten sie an. Das Fenster zu seiner Welt ist offen, und es ist zu. Mit dem gleichen Blick hatte die Katze sie angesehen.

Das Tor stand offen, das Kätzchen, es trug den Namen aus einem Andersen-Märchen und war kaum einen Monat alt, lief aus dem Hof ihrer Eltern. Sie ging ihm hinterher. Nur lief es immer weiter, verspielt und ängstlich, von ihr davon. Neugierig, was die Welt draußen zu bieten hatte. Warte doch. Bleib hier, rief sie. Das Kätzchen tapste davon. Sie blieb stehen, da blieb es auch stehen. Es befand sich schon auf dem Asphalt, dem Fahrbahnrand, wo es den Luftzug der vorbeizischenden Autos spüren musste. Das Kätzchen drehte den Kopf, sah ihr in die Augen. Was hatte es ihr mitzuteilen? Sie lockte es. Komm hierher, komm, her zu mir, bleib stehen, bitte. Komm auf meinen Arm. Bitte. Sie versuchte einen winzigen Schritt nach vorne, und das Kätzchen in seinem warmen Fell, mit klopfendem Herzen, sprang fröhlich auf die Straße. Sie ruderte wild mit den Armen, dem anrauschenden Wagen entgegen. Erst als er die Katze erfasste, ließ sie die Arme fallen. Ein dumpfes *Klong*. Mehr war es nicht. Der Wagen fuhr weiter, langsamer, aber er fuhr weiter. Wattierte Luft. Gehör und Sehkraft trennten sich vom Empfinden. Mit einem Mal war es, als wäre in einem Traum noch mal ein Traum aufgegangen. Das Gegenteil von einem Traum, aber ein Traum.

Zartes Katzengesicht, zerquetscht. Bläuliche, hervorquellende Zunge. Die Augen aus den Höhlen tretend. Der leblose Körper auf dem Asphalt sah dynamisch aus, die Pfoten weit auseinandergespreizt. Nirgends ein Tropfen Blut. Das Gesicht des Kätzchens grinste entweder oder es war voller Entsetzen, so genau ließ sich das nicht sagen. Sie schob das entstellte Geschöpf mit ihrem Fuß vorsichtig an den Fahrbahnrand. Hinter die weiße Linie. Genau dort hin, wo die lebende Katze ihr vor einer Minute so offen in die Augen gesehen hatte.

Es waren die Augen, in die sie jetzt sah. Die kein Verständnis kannten, aber nicht verständnislos waren. Der Vogel nahm den Blick der Katze wieder auf; und eine Wärme breitete sich in ihr aus, die sie voller Glück einnicken ließ, bis die Angst sie wieder weckte. Was, wenn sie all das bald nicht mehr sah, wenn sie all das niemandem mehr sagen konnte? Was, wenn nicht, was, wenn nicht, hallte es in allen ihr unbekannten Kammern.

Quäl dich nicht, flüsterte ich ihr zu.

Quäl dich nicht.

Sie hatte doch immer Glück gehabt. Immer hatte sie Glück gehabt. Sie war doch gefeit. Hinterher werden sie wissen, woran sie gestorben ist. Man wird sie obduzieren. Warum konnte man Lebende nicht obduzieren?

Was, wenn sie Carl nicht mehr sieht? Nie mehr. Was, wenn sie die Hand der Oma nicht mehr halten kann? Nie mehr. Was, wenn der Herbst ohne sie zu Ende geht? Für alle Zeit.

Quäl dich nicht, quäl dich nicht.

Ja, was dann.

Was dann.

Dann geschah etwas Seltsames.

Kalt und klar wurde alles. Es war, als würde sie ganz klein in sich zusammensinken, nicht mehr sein.

Ihre Stimme hörte sie. »Es ist okay«, sagte die Stimme, oder sagte es in ihr. *Es ist okay.* Sie würde nicht mehr nach Hause kommen, sie würde all diese Menschen nicht mehr sehen; und es war in Ordnung. Es durfte sein.

Da ließ sie los.

Mit einem Mal rissen alle Taue, und sie fiel. Sie fiel. Und sie fiel tiefer. Und die unsagbare Tatsache, die folgte, war, dass sie nicht ins Bodenlose stürzte. Als würde sie unverhofft in ein weiches Blätterdach fallen.

Man stürzt nicht ins Nichts. Ich kann das nicht anders sagen, ich kann es überhaupt nicht beweisen und beschreiben, aber ich kann sagen, dass es so ist. Und dass es eine sagenhafte, eine unendliche und zugleich demütige Erfahrung ist, die ins Leben hineinscheint und einem bescheidet: Mir kann nichts passieren. Ich werde gehalten. Das, was sie hielt, war nichts Äußeres, es war etwas Inneres, etwas, zu dem sie keinen Zugang hatte, das sie nicht kannte, von dem sie jetzt jedoch wusste, dass es bis zum Ende bei ihr bleiben würde, dass es mit ihr zusammen, geschlossen in einer Reihe, Hand in Hand, wie die Kinder zum Schwarzen Mann, hinübergehen würde.

Als Kind hatte sie oft auf einer Wiese gelegen, in den Himmel geschaut und sich gefragt, was dahinter lag. War unter der blauen Ebene eine Unterwasserwelt, ging es in die Tiefe? Oder sah sie nur die Vorderseite, dann gab es eine Rückseite, und dahinter strömte unendliches Schwarz in die Weite? Wie mussten sich die Astronauten fühlen, wenn sie die Erde von oben leuchten sahen. Wenn sie die Erde ohne sich sahen. Wenn sie nicht mehr zu ihr gehörten. Als seien sie noch nicht geboren oder schon gestorben.

Vielleicht war sie schon dort. Vielleicht war es diese Weite, in der sie jetzt trieb. Eine stille, warme Weite. Ohne Anfang, ohne Ende.

Sie bemerkte erst gar nicht, dass Ana da war. Neben ihr saß. Ihre Hand hielt. Ihr blasses Gesicht, die

Brauen darin wie zwei schmückende Hörner. Anas Augen tauchten in ihre. Liebe Ana, du bist da, wie schön. Ana, ich habe einen Vogel gesehen, und …, sie wusste nicht, ob sie die Worte sagte oder dachte. Anas Hand schwitzte vor Aufregung. »Carmen, hör mir zu«, die Stimme kam von weit her, wie durch einen hohlen Baumstamm, und doch war sie direkt an ihrem Ohr.

»Carmen, Eduardo hat einen Arzt besorgt, einen sehr guten, sie haben eigentlich kein Bett frei in dem Krankenhaus, aber Dr. Pontes hat es irgendwie geschafft, dich dort unterzubringen. Wir fahren hier weg, ja? Ich bringe dich von hier weg, ja?«

Erst jetzt sah sie die roten Flecken in ihrem Gesicht. Sie verstand es nicht, welcher Eduardo, wohin, »ich weiß nicht«, sagte Carmen.

»Ich bin so müde.« Eine Stimme, die schon nicht mehr zu ihr gehörte. »Nirgendwo hinfahren.«

Ihr Kopf lag im Kissen wie in einer Schale.

»Aber du brauchst nichts tun, es ist alles organisiert, draußen wartet ein Krankenwagen.«

»Und wenn der Vogel wieder kommt … und ich bin nicht da …«

»Was, welcher Vogel?«

Eine Bahre, die Rollen, das Flackern der Lichter über ihr. Auf den Fluren weiße Armeen. Das letzte Mal hier durch. Hier raus. Durften sie das? Flüchteten sie? Sie wusste es nicht, und es war nicht wichtig. Sie ging längst mit dem, was sich in ihr vollzog, von alleine vollzog. *Folge dem Flagellum.* Das Federn der Bahre, das leise Rattern der Rollen über den blitzblanken Boden. Endlos rollten sie, um immer wieder im rechten Winkel abzubiegen. Sie bogen ab, fuhren geradeaus weiter, bogen ab und fuhren geradeaus weiter. Da stand der Gedanke vor ihr, dass dieses Lineare eines Korridors, das Gefühl von Dingen, die hintereinander passieren, daraus ein Leben bilden, bis das Ende des Korridors erreicht ist, falsch ist.

Wie die Flüsse zur Stadt Belém strömte alles auf ein geheimnisvolles Zentrum zu. Nur hatte sie es nicht gewusst. Sie hatte es nicht gewusst. Sie hatte ihr Leben bislang als Abfolge von Ereignissen gesehen, nun musste sie erfahren, dass es anders war. Aber dieser Gedanke lähmte sie nicht. Bis zum Ende erfuhr sie Neues. Aus sich heraus. Der Körper verschwindet, aber der Geist reift bis zum Schluss. Bevor sie welken, öffnen sich die Blätter der Pflanze.

*

Die Regentropfen klopften auf das Dach des Krankenwagens. Ein kleines, viereckiges Fenster über ihr. Bläuliches Licht, Kabel verknotet, Palmenspitzen, der dunkel schimmernde Himmel von Rio. Der Pfleger sah sie an, ernst, es gab kein Ausweichen, keine Höflichkeit. Ana drückte ihre Hand. Ein letztes Mal bog der Wagen ab, fuhr in einen Hof. Jemand schob sie in einen kalten Raum voller Metall. Die Geruchlosigkeit. Wie der Kopf den Geruch von Alkohol dazuerfand, weil die früheste Arzterinnerung damit verbunden ist. Die Schwester stand mit dem Rücken zu ihr und klapperte mit einer Metallschüssel. Besteck? Wird sie operiert? Wollen sie aufschneiden, sehen, ob sich innen enthüllt, was außen verborgen blieb. Eine schwarze Leber?

Auch der Arzt stand noch mit dem Rücken zu ihr. Es gab eine Ruhe in diesem Raum, dabei gab es keine Zeit. War es ohnehin zu spät? Deshalb die Ruhe?

Die Ruhe war in ihr.

Die Schwester klapperte wieder. Sie schloss die Augen, sah ihren Großvater in seinem Schuppen. Ein langer, dunkler Gang, rechts und links türmt sich das morsch riechende Brennholz auf. Der Großvater klappert mit den Holzfeilen, dreht sich um, lächelt. Sie spürt seine raue Hand mit den drei Fingern, wie ihre in seiner liegt. Sie sieht Schwester, Arzt und sich selbst von oben, links oben hängt die Kamera. Sie sieht, wie der Arzt auf sie zukommt. Seine Augen bitte. Ich will ihn sehen. Das Bild wechselt nicht. Die Perspektive wechselt nicht. Er schaut sie an. Endlich sein Gesicht über ihrem.

Der Arzt sagte nichts. Andere hatten geredet und weniger gesagt. Seine Augen schauten sie an, nicht wie die anderen Ärzte, die das, was sie sahen, verglichen mit dem, was sie wussten. Er schaute sie an, als wüsste er nichts. Als könnte sie, als könnten ihre Augen ihm erst alles sagen.

Er legte die Hände auf ihren Bauch. Drückte und umfasste die Organe. Die aufgeblähte Leber, die schwere Milz. Er nahm die Organe in seine Hand, als wollte er sie vorsichtig herausheben. Wurde sie schon aufgeschnitten? Sie spürte nichts.

Er schaute sie wieder an. Es war einer dieser seltenen Momente, in denen Augen sich im Unendlichen begegnen, der eine fing nirgendwo an, und der andere hörte nirgendwo auf. Alles war gleichgültig, alles gut oder schlecht, weil alles wahr war.

Ihr Gesicht war nass. Er legte seine Hand auf ihre Wange. Dann sagte er es, wie zu sich selbst, murmelte es:

»Es ist Malaria.«

Sie hörte es. Das Wort kam aus dem Nichts, aus der Ferne, es klang fremd, und doch war es vertraut. Malaria. Blut rauschte durch ihre Adern. Das Blut fließt bis zum Schluss. Niemand hält es an. Das Wort erhob sich, breitete sich aus, es dröhnte in alle Winkel ihres Leibes und hallte darin wider: MALARIA. Sie hörte es, und sie sagte es, und sie nahm es an.

Der Arzt blieb bei ihr stehen, legte seine Hand auf ihren zitternden Arm. Im Hintergrund klapperte es. Ein letztes Mal. Dann wurde es still.

Selbst wenn es manchmal so aussieht: Der Tod ist nicht leise, er schleicht nicht. Was leise ist in der letzten Stunde, ist das Hinnehmen, das Annehmen, die Schwäche des Körpers. Der Tod aber hat eine Kraft. Er beendet das Leben. Und diese Kraft ist nicht umsonst da, wie sie bei der Geburt nicht umsonst da ist; sie bringt etwas Neues hervor. Der Tod kommt aus der Natur. Eine Naturgewalt ist er. Ein Wind, der einen mitreißt, der trägt. Er kommt über einen, wie die Geburt über die Frau kommt. Und ich glaube, er weckt in einem Kräfte, die man erst im Sterben kennenlernt. Die sich erst im Sterben zeigen. Weil man sie nur einmal braucht.

So sollte es sein. Und als der Wind sie davontrug, sah sie von oben, wie über das Metall des Untersuchungstisches eine Mücke krabbelte und krabbelte und krabbelte. Als wollte sie zu ihr.